In der Reihe »Sternzeichen der Liebe« von Linda Goodman
sind folgende zwölf Einzelbände lieferbar:

Widder (01070)
Stier (01071)
Zwillinge (01072)
Krebs (01073)
Löwe (01074)
Jungfrau (01075)
Waage (01076)
Skorpion (01077)
Schütze (01078)
Steinbock (01079)
Wassermann (01080)
Fische (01081)

Linda Goodman
Sternzeichen der Liebe
Der Löwe
Seine Liebe – Seine Partner
21. Juli – 21. August

Orbis Verlag

Originaltitel: Linda Goodman's Love Signs
Übertragen aus dem Amerikanischen vom Editorenteam
Burkhardt Kiegeland GmbH, München, und von Dr. Helga Zoglmann, Wien

Für die Grenzfälle, bei denen die angegebenen Daten
für ein Tierkreiszeichen von den gewohnten abweichen,
verweisen wir auf die Erläuterungen des Kapitels
»Ihr Sonnenzeichen«, Seite 34 ff.

Genehmigte Sonderausgabe 1999
Orbis Verlag für Publizistik, München
in der Verlagsgruppe Bertelsmann GmbH

Umschlaggestaltung: Sabine Hüesker, München
Druck und Bindung: Elsnerdruck, Berlin
Made in Germany
ISBN 3-572-01074-8

Inhalt

Vorwort

Es gibt wohl kaum ein geselliges Beisammensein, bei dem nicht unweigerlich eine Frage wie diese auftaucht: »Wie vertragen sich Schütze und Fisch?« In Radio, Fernsehen und Zeitungsinterviews sind Astrologen immer wieder mit Fragen konfrontiert wie: »Mein Mann ist ein Löwe, und ich bin ein Wassermann. Ist dies der Grund, warum wir uns so oft streiten?« – oder »Welches Sternzeichen sollte ein Zwilling heiraten?«

Jedermann möchte die Grundregeln für das Harmonieren der Sonnenzeichen kennen, und es ist durchaus die Zeit und Mühe wert, zwei Horoskope auf ihre Verträglichkeit hin zu vergleichen. Entdeckt man eine im Trigon*, Sextil oder in Konjunktion stehende Beziehung zwischen den Sonnenzeichen eines Paares, eine im Trigon, Sextil oder in Konjunktion stehende Beziehung zwischen den Sonnen- und Mondzeichen (die Zeichen, durch die Sonne und Mond zur Zeit der Geburt zogen) der beiden, kommt dann noch eine positive Wechselwirkung der Aszendenten-Zeichen mit den Planeten hinzu, so gewinnt Liebe an Tiefe. Jede Liebe ist fähig, Wünsche in Realität zu verwandeln, aber die Liebe zwischen zwei Menschen, deren persönliche Auren so harmonisch verbunden sind, schafft jenen emotionalen Gleichklang, den die Dichter besingen.

Denkt man an die Millionen Paare auf der Welt, die versuchen, gemeinsam Erfüllung und Zufriedenheit zu finden (oder schon gefunden haben), an jene, die einander schwerste Prüfungen auferlegen, so verwundert es nicht, daß diese vollkommen

* Alle astrologischen Begriffe werden in einem alphabetischen Verzeichnis auf Seite 174 erläutert.

miteinander harmonierenden Menschen esoterisch als »Seelen-Partner« oder »Zwillingsseelen« bezeichnet werden.

Es geschieht oft, daß ein Mann und eine Frau schon beim ersten Zusammentreffen in den Augen des Gegenüber die andere Hälfte ihres Selbst erkennen. Die Augen werden zu Recht »die Fenster der Seele« genannt. Sogar die Stimme ist dem Ohr des anderen vertraut, wie der Klang einer unvergeßlichen Melodie. Beinahe im ersten Augenblick des Zusammentreffens, wenn sich beide das erste Mal ansehen, fliegen ihre Seelen in freudigem Erkennen aufeinander zu, – Konvention und Sitte, alle gesellschaftlichen Verhaltensregeln mißachtend, getrieben von einem höheren Wissen, das sich nicht unterdrücken läßt. Auf unerklärliche Weise, oft ohne auch nur ein Wort darüber zu verlieren, wissen sie, daß sie nur durch den anderen hoffen können, Ganzheit zu finden – nur wenn sie zusammen sind, können sie beide in jeder Hinsicht vollkommen werden.

Ein Mann und eine Frau, die Seelen-Partner sind, brauchen die Worte »Ich liebe Dich« nicht auszusprechen, da sie ganz sicher wissen, daß sie für alle Ewigkeit zueinander gehören. Die Worte der Hochzeitszeremonie: »Was Gott zusammengefügt hat, das soll der Mensch nicht scheiden«, beziehen sich darauf. Doch ist diese Warnung nicht nötig, sondern nur ein symbolisches Ritual, da kein Mensch die Zwillingsseelen trennen kann, nicht einmal die Betroffenen selbst. Noch kann es irgendeine Energie des Universums. Die Kraft, die sie aneinander bindet, ist allmächtig und unzerstörbar. Die Bindung kann vielleicht geschwächt, die endgültige Vereinigung aufgeschoben werden, aber eine Trennung für immer wird es nie geben.

Diese Art spontaner Zuneigung wird oft »Liebe auf den ersten Blick« genannt; sie ist keine Laune des Schicksals, sondern sehr real. Es ist mehr als nur ein seltsamer Zufall, daß Zwillingsseelen in dieser großen, weiten Welt irgendwann zusammenfinden. Daß sich ihre Wege kreuzen, wurde auf einer höheren Stufe des Bewußtseins vorausbestimmt. Es sind gewisse geistige Energien am Werk, die ihr Treffen herbeiführen, so sicher wie der Wandertrieb der Vögel und das Wiederkehren der Kometen von einem ähnlichen universalen Gesetz regiert werden. Ihre Begegnung wird durch das Karma bestimmt, das nichts anderes ist als die Gesamtsumme aller Ursachen, die in der Vergangenheit in Bewegung gesetzt wurden – und diese bestimmen die Gegenwart.

Die Frage, welche besonderen Planeten-Einflüsse in der Nativität (Horoskop und Geburtsgraphik) zweier Menschen dem Astrologen zeigen, daß es sich um Zwillingsseelen handelt, ist zu kompliziert, als daß sie in diesem Buch in allen Einzelheiten erklärt werden kann. Wenn wir annehmen, daß solche Planeten-Einflüsse in den jeweiligen Horoskopen von Liebenden gegenwärtig sind, werden uns die Horoskope enthüllen, daß die beiden unweigerlich zueinanderfinden werden.

Während der ermüdenden Suche nach der Zwillingsseele wird es viele Fehlschläge geben, viele Beziehungen, die zuerst echt scheinen, dann aber zu Desinteresse und Langeweile verblassen. Sogar dann, wenn der Seelen-Partner schließlich entdeckt ist, kann es noch zu Komplikationen und quälender Ungewißheit kommen, was wiederum zeitweise seelischen Schmerz verursacht. Nur in fortwährender und beständiger Ausübung von Toleranz und Vergebung kann dieser Schmerz gelindert werden. Wer Leid zufügt, um sich für erlittenes Leid zu rächen, wird in der Zukunft durch das Wirken des Karmas nur neues Leid erfahren.

Manchmal erscheinen die Probleme zweier Menschen, die einander lieben, riesengroß, erscheint die Wand, die sie voneinander trennt, unüberwindlich. Doch ihre Probleme können gelöst werden durch die Liebe, die geheimnisvolle Macht, die allen eigen ist, die lieben, ohne daß sie sich dessen bewußt werden. Mag das zugefügte Leid auch noch so groß gewesen sein, die Liebe wird alles auslöschen, als wäre nichts geschehen. Dies tritt jedoch nicht ohne den Wunsch und die Anstrengungen dessen ein, der den Schmerz verursacht hat – und nicht ohne das Vergeben von seiten desjenigen, der so tief verletzt wurde. Wunsch, Anstrengung und Vergeben – diese drei zusammen sind nötig, um Kraft und Macht der Liebe freizusetzen.

Diejenigen, die wirklich lieben und innig mit der anderen Hälfte ihres Selbst verbunden sind, haben nicht den Wunsch, Kriege zu beginnen oder andere zu beherrschen. Wie die alles überwindende Liebe von Romeo und Julia sogar noch im Tod die Macht hatte, die Feindschaft zu beenden und die miteinander im Streit liegenden Capulets und Montagues zu versöhnen, so soll auch die ekstatische Verbindung von allen liebenden Zwillingsseelen die gleiche Kraft haben, die Menschheit zu vereinen, allen Erdenbürgern dauerhaften Frieden und Wohlergehen zu bescheren.

Leider wird heutzutage Liebe viel zu oft mit ausschweifender Sexualität gleichgesetzt.

Sex ist keine »Sünde«, nur der Mißbrauch seiner Energien ist eine Versündigung gegen das eigene Selbst. Sexuelle Vereinigung ist die Ekstase der »Tiefe«, die von denen entdeckt wird, die lieben. Es ist einfach eine Frage der Prioritäten. Zuerst verliebt man sich mit den Augen, dann mit dem Verstand, danach mit dem Herzen (Emotionen). Und von da an teilt die Seele diese Erfahrung – ob man es merkt oder nicht, man hat sich geistig »verliebt« –, und es ist an der Zeit, daß man sich mit dem Körper verliebt.

Es wird nicht gutgehen, wenn es in umgekehrter Reihenfolge geschieht; denn nur die Augen wissen, wie sie einen zu dem Geist des anderen führen, auf den man blickt. Nur der Verstand weiß, in das Herz des anderen zu leiten, mit dem man eine geistige Verwandtschaft gefunden hat. Nur das Herz kann einen zur Einheit mit der Seele dessen bringen, den man liebt. Und nur die Seele kann in die Ekstase der sexuellen Vereinigung führen, um »ein Körper« zu werden.

Aber wenn Sie mit dem Körper beginnen ... Der Körper weiß nicht, wohin er Sie führen kann, außer in noch größere fleischliche Lust, die in sich selbst nicht die Kraft hat, die Sehnsucht der Liebe zu erfüllen oder den tieferen Hunger der Liebe zu stillen – eine Lust, die, nach bestimmten physiologischen Gesetzen, schließlich nur dazu führt, daß man immun gegen Sinnesempfindungen wird, immer mehr Stimulierung braucht – bis am Ende, wie bei Drogen, sogar dafür die Toleranzgrenze erreicht wird und man zu gar keinen Gefühlen mehr fähig ist. Benutzt man den Körper nur als Instrument für Sex allein, ohne Liebe, ist es so, als höre man eine Sinfonie in Stereo, aber mit nur einem Lautsprecher.

Es gibt keinen Traum, der nicht Realität werden, kein Gesetz, das man nicht ändern, keine Situation, die man nicht auf den Kopf stellen könnte – wäre man nur imstande zu lieben. Genug lieben ist nicht einfach. Genug lieben heißt nicht, nur diejenigen lieben, die einen selbst lieben, die freundlich, rücksichtsvoll und großzügig sind. Genug lieben heißt auch diejenigen lieben, die einem Böses nachsagen, die einen hassen, und die diesen Haß auch deutlich ausdrücken, denen es offensichtlich an jeglichem Mitgefühl und jeglicher Empfindsamkeit mangelt. Jedermann kann Liebe denen geben, die ihn selbst lieben. Doch diese Art Liebe vermag keine Berge zu versetzen; auf sie sollte man nicht stolz sein. Wir sind auf Erden, um die tiefere und schwierigere Lektion der Liebe zu lernen, daß man die Ungeliebten lieben muß. In dieser Leistung liegt all die Kraft und Energie für wahre Leidenschaft.

In astrologischen Begriffen ausgedrückt, ist es für Löwen und Widder, für Stier und Steinbock keine große Mühe, sich zu lieben. Will ein Widder jedoch mit einem Krebs, ein Löwe mit einem Skorpion, ein Stier mit einem Wassermann Harmonie erreichen, so erfordert dies jene tiefere Liebe.

Dieses Buch unternimmt den Versuch, diejenigen zu leiten, die das Glück haben, mit Menschen aus verträglichen Sonnenzeichen vereint zu sein – aber auch jenen den Weg zu Toleranz und Harmonie zu zeigen, deren Schicksal es ist, mit Menschen entgegengesetzter Sonnenzeichen zusammenzuleben.

Sogar bei zwei Menschen, deren Sonnen- und Mondzeichen harmonisch stehen, gibt es immer wieder einige Planeten in den Geburtshoroskopen, die nicht harmonieren und dadurch Reibungen und Spannungen verursachen.

Wer von uns ist nicht bisweilen wenig liebenswürdig? Sind wir es nicht sogar meist dann, wenn wir uns im geheimen nach Liebe sehnen und der Liebe am meisten bedürfen? Wie schön ist es dann, wenn uns jemand Zuneigung schenkt, zu dem wir unfreundlich waren . . . Wenn wir uns entschuldigen wollen und darauf zu hören bekommen, man habe uns längst verziehen.

Harmonie ist so einfach zu erreichen – nämlich mit alles verzeihender Liebe!

Die zwölf Grunderfahrungen in der Liebe

Auf jeder der folgenden Erfahrungsstufen ist jeder Mensch in der Lage, anderen die erstgenannte Eigenschaft zu geben und zu *lehren*, während es ihn viel Mühe kostet, die an zweiter Stelle genannte Eigenschaft zu *lernen*. Die Seele muß diese ersten sechs Grunderfahrungen mehrmals durchlaufen:

Widder das Neugeborene	»ich bin«	*lehren*, daß Liebe Unschuld bedeutet, und *lernen*, daß Liebe Vertrauen ist
Stier das Baby	»ich habe«	*lehren*, daß Liebe Geduld bedeutet, und *lernen*, daß Liebe Vergeben ist
Zwillinge das Kind	»ich denke«	*lehren*, daß Liebe Bewußtsein bedeutet, und *lernen*, daß Liebe Gefühl ist
Krebs das Kind in der Pubertät	»ich fühle«	*lehren*, daß Liebe Verehrung bedeutet, und *lernen*, daß Liebe Freiheit ist
Löwe der Teenager	»ich will«	*lehren*, daß Liebe Ekstase bedeutet, und *lernen*, daß Liebe Bescheidenheit ist
Jungfrau der Erwachsene	»ich analysiere«	*lehren*, daß Liebe Reinheit bedeutet, und *lernen*, daß Liebe Erfüllung ist

Hat der Mensch beim Durchlaufen dieser ersten sechs Entwicklungsstufen emotionale Reife erlangt, muß er mehrmals die zweiten sechs Grunderfahrungen machen, um die tiefere geistige Bedeutung der Liebe zu erkennen:

Waage Ehe	»ich gleiche aus«	*lehren*, daß Liebe Schönheit ist, und *lernen*, daß Liebe Harmonie ist
Skorpion Sex	»ich verlange«	*lehren*, daß Liebe Leidenschaft ist, und *lernen*, daß Liebe Verzicht ist
Schütze Wissen	»ich sehe«	*lehren*, daß Liebe Ehrlichkeit ist, und *lernen*, daß Liebe Treue ist
Steinbock Erfahrung	»ich benütze«	*lehren*, daß Liebe Weisheit ist, und *lernen*, daß Liebe selbstlos ist
Wassermann Idealismus	»ich weiß«	*lehren*, daß Liebe Toleranz ist, und *lernen*, daß Liebe Einheit ist
Fische Unterwerfung	»ich glaube«	*lehren*, daß Liebe Mitgefühl ist, und *lernen*, daß Liebe alles ist

Um so schließlich zu verstehen: Liebe ist ewig.

Da der Mensch Eigenschaften von anderen Sonnenzeichen in seine eigene Persönlichkeit aufnimmt – einige lehrt, andere dafür lernt –, hat er die geistige Verpflichtung, die positive Integrität seines eigenen Sonnenzeichens zu bewahren und auch dieses Recht bei anderen zu respektieren. Der Löwe braucht seine Würde, der Krebs muß sich an Sicherheit klammern. Der Steinbock verehrt Tradition, und der Zwilling braucht seine Freiheit. Jeder muß das Motto des Wassermann-Zeitalters »leben und leben lassen« befolgen, jeder muß er selbst sein und erkennen, daß die anderen auch sie selbst sein müssen. Der erste Schritt zur Erkenntnis der elementarsten Bedeutung der Liebe ist zu lernen, die Sonnenzeichen-Eigenschaften, die sich von Ihren eigenen unterscheiden, zu tolerieren und nicht zu verurteilen.

Die zwölf Geheimnisse der Liebe

Liebe ist das tiefste Verlangen von Mann und Frau. Es ist nicht die Bedrohung durch Krankheit und Armut, die den menschlichen Geist zerstört, sondern die Angst, daß niemand da ist, der sich wirklich sorgt – niemand, der wirklich versteht. Wir suchen alle nach Liebe, wie gesund, wohlhabend oder weise wir auch sein mögen, da die Alternative dazu nur Einsamkeit ist. Warum ist andauernde, gemeinsame Liebe so schwer faßbar? Um eine vollkommene und ständige Vereinigung mit der anderen Hälfte (der Zwillingsseele) zu erreichen, müssen Mann und Frau die Lektionen der zwölf Sonnenzeichen lernen. Sie müssen die Weisheit der zwölf Geheimnisse der Liebe beherrschen, bevor sie eine vollkommene Harmonie erreichen. In unserer Sehnsucht nach Liebe liegt unsere verborgene metaphysische Weisheit, das Geheimnis des Lebens selbst.

Jedes Sonnenzeichen enthält eine Kraft, die sich in Schwäche kehren und eine Schwäche, die in Kraft umgewandelt werden kann, durch das Gesetz der positiv-negativen Polarität. Was ist die Sturheit des Stiers schon anderes als umgekehrte Geduld? Ist die Impulsivität des Widders nicht die negative Seite des positiven Mars-Muts des Widders? Wird der Löwe den großen Stolz und die Vornehmheit des Löwe-Sonnen-Geburtsrechts für den positiven Zweck nutzen, die Hilflosen zu beschützen, oder für den negativen Zweck, ein arroganter Tyrann über die Wehrlosen zu sein? Wird die vernünftige Krebs-Vorsicht in Ängste und Phobien ausarten? Werden das Mitgefühl und die Bescheidenheit des Fisches sich in die negativen Neptun-Aspekte, Enttäuschung, Introversion und Weltflucht verwandeln? Die Wahl unserer Sonnenzeichen-Polaritäten liegt nur an uns.

Das Liebesgeheimnis des Widders

Die Widder-Seele, symbolisch neugeboren, steht in Bezug zu Dämmerung, Sonnenaufgang, Frühling und Ostern – oder zur Wiederauferstehung vom »Tod« im vorhergehenden Zeichen Fische.

Wie ein menschlicher Säugling, der vollkommen in sich selbst vertieft ist, entdeckt die Widder-Seele mit größter Freude ihre eigenen Finger und Zehen – ihr eigenes physisches Wesen. Um alle Wünsche zufriedenzustellen, ist nur ein einzelner, lauter Schrei nötig, der von den Älteren umgehend gehört und beantwortet wird. Der Säugling bezweifelt oder fürchtet nichts und niemand, aus dem einfachen Grund, weil ihm noch nie etwas verweigert wurde. So besitzt auch die »Säuglings«-Seele des Widders ein natürliches Vertrauen und einen unerschütterlichen Glauben in die unsichtbaren Kräfte der Güte, die ihm auf geheimnisvolle Weise alle seine Wünsche erfüllen werden.

Auf der Erde ist diese wohltätige Macht durch die Eltern repräsentiert, die zärtlich auf ihren Säugling sehen und ihn vor seiner eigenen Naivität schützen, indem sie ihm weise einige seiner Wünsche verweigern, die er in dem erregten Bewußtsein äußert, daß er ist – daß er geboren wurde, daß er anwesend ist. Die Seele des Widders fühlt: »Ich bin« oder »Ich existiere«. Und wie der symbolische Säugling sind Widder-Mann und -Frau auch blind gegenüber möglichen Unfällen, Schmerzen und Grausamkeiten auf dem Lebenspfad. Er oder sie lernt diese Erfahrungen durch diejenigen kennen, die bereits weiter fortgeschritten sind im Entwicklungsprozeß und eine gewisse Härte, Argwohn und den Überlebensinstinkt erworben haben.

Der Widder-»Säugling« muß wie der wirkliche Säugling die schmerzliche Erfahrung enttäuschten Vertrauens machen. Mangelt es ihm, dem Neugeborenen, an freundlicher Zuwendung und Mitgefühl, fühlt es sich verlassen, ist es schockiert, verängstigt – und schreit dann um so mehr nach Zuwendung. Auf gleiche Art (und aus den gleichen Gründen) braucht und sucht die Seele der desillusionierten Widder-Männer und -Frauen Anerkennung, fordert dabei aber bisweilen Ablehnung heraus als heftige, gefühlsmäßige Reaktion auf Vernachlässigung.

Die positiven Eigenschaften des Widders sind herzbewegende Unschuld und Staunen, blindes Vertrauen und Mut. In negativer Form können sie zu selbstsüchtigem Egoismus, Gedankenlosigkeit, Aggressivität und impulsivem Handeln, ohne Rücksicht auf Konsequenzen, führen.

Für die Seele des Widders ist die Liebe eine Notwendigkeit des Lebens, die als selbstverständlich hingenommen wird. Daher wird Liebe instinktiv erwartet und freudig akzeptiert, doch mit wenig Verständnis dafür, wie man sie zurückgibt. Der Widder verlangt nach Liebe, da er, wie ein Kind, ohne Liebe sterben würde. Wenn emotionelle Verlassenheit (symbolisch) den Tod bedeuten kann, so kann beim Widder schon das leiseste Gefühl von Verlassenheit zu einer ungerechtfertigten Panikreaktion führen, die man nur durch wiederholte Beweise von Zuneigung abschwächen kann. Der Widder muß unaufhörlich daran erinnert werden, daß, »wenn der Winter kommt« . . . der Zauber des Frühlings nicht weit sein kann.

Das Liebesgeheimnis des Stiers

Die Stier-Seele ist symbolisch ein gesundes, pausbäckiges Baby, das gelernt hat, zu gewohnten Stunden zu schlafen.

Es schreit jetzt nicht mehr ohne Grund aus Furcht oder Einsamkeit. Auch macht es sich nicht mehr so lautstark mit seinen Wünschen bemerkbar wie das Widder-»Neugeborene«. Es hat entdeckt, daß sein Verlangen von seinen Eltern gestillt wird. Wie das menschliche Baby ist die Seele im Stier-Stadium damit zufrieden, ruhig und geduldig in seinem Kinderstuhl zu sitzen und auf sein tägliches Brot mit stiller, vertrauender und sicherer Erwartung zu harren.

Auch hat der Stier gelernt, wie man durch gutes Benehmen mehr Vergnügen, mehr Gefälligkeiten von den »Eltern« oder anderen Erwachsenen erschmeichelt. Lächeln und Gehorsam werden belohnt, und der Stier vergißt nicht, was er einmal gelernt hat, wie schmerzhaft und langwierig es auch war. Da er im wesentlichen noch nichts von alledem, was außerhalb seiner unmittelbaren Umgebung geschieht, aufnehmen kann, findet der Stier-Mann oder die Stier-Frau (ebenso wie das symbolische Baby) das Glück eher im Familienkreis und im Greifbaren – in dem, was vertraut ist – als in der seltsamen und lärmenden Welt da draußen.

Das Stier-»Baby« entdeckt die Freude, die Sinne des Geschmacks, des Sehens, Hörens, Riechens und Berührung zu benutzen.

Weil Besitz Glück bringt, ergreift ihn der Stier, liebkost ihn, findet daran Gefallen, ihn sein eigen zu nennen. Der Stier sagt: »Ich habe«. Der Stier ist stark vom körperlichen Kontakt mit geliebten Personen abhängig. Der von Venus beherrschte Stier versteht Zuneigung nur, wenn er fühlen kann, daß sie existiert. Das Baby ergreift Besitz von seinen Spielsachen und von der Aufmerksamkeit der Eltern, grämt sich über jeden materiellen und ideellen Verlust, weigert sich stur, etwas von seinem Besitz an andere abzugeben. Genauso verhält sich der männliche oder weibliche Stier auch hinsichtlich des Bankkontos und Lebenspartners.

Die positiven Eigenschaften des Stiers sind Willensstärke, Geduld, Standhaftigkeit und Überzeugung. In negativer Form drückt sich dies in Eigensinn, blinder Voreingenommenheit und Unvernunft aus.

Dem fröhlichen Baby, symbolisch für die Stier-Seele, bedeutet Liebe physische Zuneigung. Da das Baby Liebe mit Vergnügen und Glück assoziiert, sonnt auch der Stier sich in ihr mit unkomplizierter Wertschätzung. Aus diesem Grund akzeptiert und gibt der Stier die Liebe mit den Sinnen –, aber er muß erst lernen, ihren wahren Wert und ihre wahre Bedeutung zu verstehen.

Das Liebesgeheimnis der Zwillinge

Der Zwilling befindet sich symbolisch in der Welt des Kleinkinds. Wie dieses wird er sich seiner eigenen Mentalität bewußt, wird sich darüber klar, daß er nicht allein im Universum ist. Die Kinder-Seele des Zwillings lernt sich mitzuteilen, indem sie spricht, Worte formt und sie aneinanderreiht, während Eltern und andere aufmerksam zuhören und sich an jedem neuen Laut erfreuen. Sprechen macht Spaß, da man dadurch alle Aufmerksamkeit auf sich zieht. Auch kann er zur Plätzchen-Dose kriechen, krabbeln oder gehen und sich selbst bedienen, ohne daß er wie der Widder schreien oder wie der Stier warten muß, und diese Erfahrung ist berauschend. Der Zwilling ist erregt von dem Wissen, daß er zupacken kann – »Ich denke« ruft er der Welt in großer Erregung zu.

Das symbolische Kind-Stadium des Bewußtseins lehrt die Zwillings-Seele, daß es zwei Seiten des Charakters gibt – eine Zweiheit oder Polarität, die in Einklang gebracht werden muß, bevor man erfolgreich mit anderen umgehen kann. Da der Zwilling sich plötzlich nach Vergnügungen außerhalb des Hauses und der Familie sehnt, lädt die Welt die Zwillings-Männer und -Frauen ein, sie zu erforschen. Mit der geistigen Fähigkeit, zu urteilen und zu folgern – Bezüge herzustellen –, beginnt der Zwilling, sich nach Dingen jenseits dessen, was er bis jetzt gesehen hat, zu sehnen und davon zu träumen.

Zur Hälfte ist die Zwillings-Seele noch ein unsicheres Baby, das das Vertraute braucht. Zur Hälfte ist sie das sehnsuchtsvolle Kind, neugierig auf die vielen unentdeckten Wunder, gerade außerhalb der unmittelbaren Reichweite. Und so experimentiert diese Doppel-Persönlichkeit mit hellen Augen und hoffnungsvollem Herzen. Jeder neue Tag bringt dem Geist des Zwillings faszinierende Erkenntnisse, vergessen sind die Spielsachen und die beschützende elterliche Zuneigung.

Die positiven Eigenschaften des Zwillings sind Vielseitigkeit, geistige Wachsamkeit, schnelles Wahrnehmungsvermögen, geschicktes Urteilen und Beweglichkeit. In der negativen Form kommt dies zum Ausdruck durch Ruhelosigkeit, Geschwätzigkeit, Oberflächlichkeit, Doppelzüngigkeit, Unzuverlässigkeit und Selbsttäuschung.

Für das Zwillings-»Kind« hat die Liebe etwas von ihrem Zauber verloren. Es braucht sie mehr, als es glaubt, doch gibt es etwas Aufregenderes zu suchen als die Liebe. Es ist die Liebe, die einen hindert wegzulaufen. Liebe ist angenehm, aber sie schränkt auch ein. Zwillings-Männer und -Frauen haben nie aufgehört, sie zu brauchen oder nach ihr zu verlangen, doch wenn sie zu einem Hindernis für die Freiheit wird, werfen sie sie hastig über Bord, vergessen sie die Wärme und Sicherheit, die sie spendet – und machen sich keine Gedanken darüber, daß sie möglicherweise Schiffbruch erleiden und dann den Weg zurück nach Hause nicht mehr finden können.

Das Liebesgeheimnis des Krebses

Die Krebs-Seele ist dem Kind in der Pubertät zu vergleichen, das zwischen Kindheit und Reife schwankt, sich danach sehnt, erwachsen zu werden und doch noch zögert, zur anderen Seite überzuwechseln. Die launische, sensible Seele des pubertären Kindes pendelt zwischen kindlicher Abhängigkeit und der verlockenden Welt des Erwachsenseins hin und her. (Wie ist es wohl, Mann oder Frau zu sein?) In der symbolischen Pubertätsphase beobachtet die Krebsseele die Erwachsenen (Menschen) in der Umgebung, ist ungeheuer aufnahmefähig für alles Gesehene und Gehörte. Doch diese erwachsene, materielle Welt, die sie so intensiv beobachtet, deutet auch auf häufige Desillusionen hin.

Und so sind die Träume des Krebses gestört und lassen ihn in der Nacht weinen; er holt seinen alten Teddybären aus dem Schrank und umarmt ihn, wenn niemand zusieht. Den Krebs verwirren seine wechselhaften Launen selbst ebenso wie seine Familie. Aber seine Ängste sind sehr wirklich für ihn. Er befürchtet, daß Reife für ihn den Verlust an Sicherheit, die er von seiner Familie, besonders aber von seiner Mutter, kennt, bedeutet. Werden Fremde jemals soviel Aufhebens um ihn machen oder ihn so bedingungslos lieben wie seine Mutter? Er beginnt zu argwöhnen, daß sie es nicht tun werden.

Unfähig, diese Befürchtungen zu erklären, wird der Krebs verschwiegen und träumt allein – oder er versteckt sich und schmollt und bildet sich ein, daß niemand ihn versteht. Der Krebs hat schon gelernt, was Verlust bedeutet. Vielleicht sind Freunde aus seinen Kindheitstagen umgezogen, hat die Familie die Wohnung gewechselt, ist die altvertraute Nachbarschaft verlorengegangen. Das Leben ist nicht mehr so aufregend, wenn der Krebs die verborgenen Fallen spürt. Der »pubertäre« Krebs-Mensch weiß, das Erwachsenwerden auch unerwarteten Schmerz bringen wird, also klammert er sich an das, von dem er glaubt, er könne darauf vertrauen – das Gestern.

Da die neuen Wahrnehmungen so deutlich sind, sieht der Krebs im Leben eine Kombination von Tragödie und Komödie. Trotz ihrer angeborenen Schüchternheit wird sich die Krebs-Seele nicht in den Hintergrund drängen lassen, denn unerklärliche Furcht kann in vernünftige Vorsicht umgewandelt werden. Gefühle rühren die Seele des Krebses zu Tränen. Angetrieben von dem Verlangen, wahre Gefühle zu verbergen, sagt er: »Ich fühle« – dann, damit niemand auch nur annimmt, daß er so tiefe Gefühle hat, wird er Witze machen und dabei glauben, die Leute täuschen zu können. Wenn er nicht zärtlich behandelt wird, kann der Krebs-Mann oder die Krebs-Frau eine harte und schützende Schale gegen die grausame Welt entwickeln.

Die positiven Eigenschaften des Krebses sind Phantasie, Zähigkeit, Zärtlichkeit, Sensibilität, Fürsorge und Vorsicht. In der negativen Form kommen sie zum Ausdruck in Geiz, Reizbarkeit, Melancholie, übertriebener Anhänglichkeit und Feigheit, Besitzgier und Launenhaftigkeit.

Für den Krebs, wie auch für das unsichere und sentimentale Kind in der Pubertät ist die Liebe wichtig; er stellt sie über alles. Sie ist gleichbedeutend mit dem Heim, das emotionelle Sicherheit darstellt, und das Verlangen nach Liebe ist so groß, daß er glaubt, es vor anderen verbergen zu müssen.

Das Liebesgeheimnis des Löwen

Die zwischen Kindheit und Erwachsensein schwankende Seele des Krebses, des Kindes in der Pubertät, wird unter dem Einfluß des Löwen plötzlich zum Teenager, der sich seines Selbst bewußt geworden und stolz auf seine Persönlichkeit ist. Der Löwe weiß (oder glaubt zu wissen), wer er ist. Die Welt gehört dem Löwen – oder der Löwin – und so blickt der Löwe »Teenager«

auf sein Bild im Spiegel, bewundert, was er sieht, und macht das feierliche Versprechen: »Ich will.«

Der Idealismus der Jugend bewegt das Herz des Löwen, die erwachende Sexualität versetzt sein Blut in Wallung. Beides sind starke Triebe, die Zweifel an der eigenen Persönlichkeit mit sich bringen, die er aber unter der nach außen zur Schau getragenen Selbstsicherheit verbirgt. Der Löwe weiß sein Selbstvertrauen richtig einzusetzen, gebraucht es, um andere zu belehren, übernimmt die Verantwortung für sein eigenes Leben und herrscht über die, welche den Schutz des Löwen brauchen. Doch sucht der Löwe genau wie der wirkliche Teenager, immer noch Bestätigung in Form von Schmeichelei, kuscht im geheimen, wenn er lächerlich gemacht wird, weil er noch nicht ganz erwachsen ist – trotz aller Selbstsicherheit.

Der Löwe bringt denen mitfühlende Rücksichtnahme entgegen, die verletzbarer sind als er. Obwohl er gelernt hat, seine Feinde zu tolerieren und ihnen zu vergeben, hat er noch nicht gelernt, die Weisheit der Älteren zu respektieren. Wie der wirkliche Teenager glaubt der Löwe, alle Antworten zu kennen, und reagiert ungehalten auf die, die seine neuen, weltlichen Erkenntnisse in Frage stellen. Die Löwen-Seele verehrt die Sonne, da die Sonne ihr Geburtsherrscher ist, die Quelle allen Lebens – und ihrer eigenen Kraft. Der Löwe bewundert und wird bewundert, er liebt und wird geliebt. Wenn das gesellschaftliche Leben beginnt, beginnen auch die Freuden der romantischen Liebe zu keimen . . . und schließlich zu blühen. Die Liebe der Jugendzeit bringt dem Löwen-»Teenager« Begeisterung wie Enttäuschung. Die Macht seiner Männlichkeit (oder Weiblichkeit) gibt dem Löwen das Gefühl von Würde und Wichtigkeit – durch das andere Geschlecht. Die Verantwortung der Reife wird gespürt, aber noch nicht als Last empfunden. Leben ist nur eitel Sonnenschein, die düstere Vergangenheit liegt zurück, das Wunder der Zukunft liegt vor ihm – und die Gegenwart ist eine Zeit für Vergnügen und Entspannung. Der Löwe glaubt, daß die Welt seine neugefundene Weisheit braucht, und er gibt sie mehr als gern.

Die positiven Eigenschaften des Löwen sind Herzenswärme, Großzügigkeit, Edelmut, Treue, Führungskraft und eine besänftigende, liebevolle Zärtlichkeit – das beschützende Charisma des älteren Bruders oder der Schwester, des Stärkeren für den Schwächeren. In der negativen Form drücken sie sich aus in Arroganz, falschem Stolz, Eitelkeit, Tyrannei, Hochmut.

Für den Löwen als symbolischem Teenager bedeutet Liebe romantisches Verliebtsein, das Hohelied der Minne, die Erfüllung aller Ideale und Schönheit. Der Löwe ist »in die Liebe verliebt« und in sich selbst. Der Löwe schenkt großzügig Zuneigung, weil dies ihm die Genugtuung gibt, so königlich großmütig zu sein, und ihm den Dank und Respekt des so Beschenkten einbringt. Er ist entrüstet, wenn die Liebe es verlangt, daß er sich demütigen läßt – da er deren tieferen Sinn und die von ihr geforderte Aufgabe des »Selbst« noch nicht verstehen kann.

Das Liebesgeheimnis der Jungfrau

Die Jungfrau (deren tieferes Selbst von flüchtigen Romanzen der Jugendzeit unberührt geblieben ist) wird daran erinnert, daß Reife auch ernste Pflichten und Verantwortung mit sich bringt. »Ich analysiere« sagt die Jungfrau abwehrend und bemüht sich um Vollkommenheit.

Die Jungfrau-Seele ist wie ein Erwachsener, der von dem Zwang, sich den gesellschaftlichen Regeln und Beschränkungen anpassen zu müssen, frustriert ist, sich ihnen jedoch mit angeborener Höflichkeit unterwirft. Diese Männer und Frauen haben entdeckt, daß sie auch anderen irgendwie dienen müssen, wenn sie ihre eigenen Bedürfnisse befriedigen wollen. Der Einfluß der Jungfrau lehrt sie, daß man arbeiten und Geld verdienen muß – daß man anderen nützlich sein muß –, um Freiheit für das Vergnügen zu bekommen. Uhren und Zeitpläne spielen eine wichtige Rolle. Die erste Arbeit ist enttäuschend. Ideen und Ideale müssen den Anforderungen der Arbeit oder Schule unterworfen werden. Jetzt ist zum Träumen keine Zeit mehr. Die Aufmerksamkeit der Jungfrau konzentriert sich auf schulische Leistungen und versucht, mit dem heftigen Konkurrenzkampf des Geschäftslebens Schritt zu halten. Lernen und Wettbewerb werden lebenswichtig.

Wie auch der tatsächliche junge Erwachsene sieht die Jungfrau-Seele viel, was zu Kritik Anlaß gibt und bedauert den Verlust der kindlichen Unschuld, da sie keine bestimmten Vorstellungen von der Zukunft hat. Ist dort nur noch mehr Arbeit, mehr Studium, mehr Verantwortung? Wenn es so ist, ist das Leben wirklich ernst und muß mit realistischen Augen betrachtet werden, sobald wie möglich. Die Zeit vergeht. Menschliche Fehler und Unzulänglichkeiten nehmen für die Jungfrau übertriebene Wichtigkeit an. Das Herz ist immer noch rein und erfüllt von stiller Hoffnung, doch der Verstand ist unter Kontrolle.

Von der Furcht vor Abhängigkeit wird die Jungfrau in eine wilde Entschlossenheit getrieben, keine Zeit zu verlieren und keiner Pflicht auszuweichen. Das Bewußtsein ist immer wachsam, aufmerksam und sehnt sich danach, besser zu werden. Obwohl ebenfalls von Merkur beherrscht, hat die Jungfrau-Seele gelernt, ihre Lebenskräfte nicht so zu vergeuden wie der Zwilling.

Die positiven Eigenschaften der Jungfrau sind Klarheit der Gedanken, Urteilsvermögen, Höflichkeit, Hilfsbereitschaft, Ehrlichkeit gegen sich selbst und ein Sinn fürs Praktische. In der negativen Form kommen sie zum Ausdruck in Krittelei, Voreingenommenheit, Schüchternheit, Pessimismus, Unterlegenheit und Haarspalterei.

Für die Jungfrau bedeutet Liebe Selbstaufgabe, ein Geheimnis, das sie lieber nicht lösen möchte. Also steckt sie all ihre Energie in die Arbeit . . ., und obwohl diese Menschen zärtliche Verehrung anbieten, schlummert die wahre Bedeutung der Liebe immer noch im Herzen der Jungfrau.

Das Liebesgeheimnis der Waage

Die Waage-Seele ist sich der Licht- und Schattenseiten des Lebens bewußt. Während des Reifeprozesses hat sie erfahren, daß es in der Welt (und in den Menschen) Gut und Böse gibt. Darüber hinaus wird die Waage von der fesselnden Polarität zwischen Mann und Frau verzehrt.

Die Erfahrung hat den Waage-Menschen gelehrt, die Mitmenschen richtig zu beurteilen. Er sieht die Notwendigkeit, mit anderen Menschen in Verbindung treten zu müssen, und ist fähig, mit Logik und Kraft zu führen. Die Waage handelt mit einer gewissen Weisheit. »Ich gleiche alles aus«, sagt die Waage, indem sie sich selbst brüstet, beide Seiten zu sehen. Da es das Bewußtsein der Waage erschüttern würde, unfair zu sein, sind Entscheidungen schwierig und schmerzhaft. Ein Sinn für soziale Gerechtigkeit kommt zum Vorschein, und angesichts von Vorurteilen und Ungerechtigkeit verliert sich die Waage oft in endlosen Diskussionen, indem sie ihre geschärfte Logik anwendet. Jedoch wird diese Einstellung durch ein neues Mittel der Überredungskunst gemäßigt. Die Waage hat die Eigenschaft des Charmes gewonnen und sieht diesen als einen sicheren Weg zum Sieg an, also benützt sie eine sanfte Stimme und ein strahlendes Lächeln, um kunstvoll zu schmeicheln und um ihren Kopf durchzusetzen.

Die Waage fühlt ein wachsendes Bewußtsein für Schönheit und Harmonie – in Musik, Kunst und in der Liebe. Sie spürt ein tiefes und drängendes Verlangen, einen Partner zu finden. Voller Gefühle, jedoch mit Sinn für die Realität, verspürt die Waage-Seele den Wunsch, jemanden an ihrer Seite zu haben – in Liebe und Geschäft –, um ein Gleichgewicht im Leben zu finden und den Wunsch nach Harmonie – beeinflußt von der die Waage beherrschenden Venus – zu befriedigen. Im Luftelement der Waage ist es jedoch nicht leicht, einen Liebespartner zu finden. Während sie die Laster und Tugenden eines möglichen Partners abwägen, sind Waage-Menschen oft von einer schmerzvollen emotionalen Unentschlossenheit. Doch trotz allem setzen dieser Mann oder diese Frau ihre unnachgiebige Suche nach jemandem, mit dem sie Freuden und Leiden des Lebens teilen können, fort. Die so geliebte Herbstzeit wird eines Tages verblassen, der Frühling, an den sich die Waage so gern erinnert, ist längst vergangen, und nur eines weiß sie genau: er – oder sie – darf nicht allein sein, wenn der Winter kommt.

Die positiven Eigenschaften der Waage sind Gerechtigkeit, Intelligenz, Charme, Freundlichkeit und emotionale Ausgeglichenheit. In der negativen Form kommen sie zum Ausdruck in

Trägheit, Zaudern, Unentschlossenheit, Streitlust, Vergnügungssucht und Reizbarkeit.

Für die Waage bedeutet Liebe eine Verbindung von Verstand und Herz – nicht zu leidenschaftlich, nicht zu distanziert – ein goldener Mittelweg, ein ausgewogenes Teilen. Aber diese Seelen sind von der oberflächlichen Schönheit der Liebe zu sehr geblendet, um vollkommen in den tieferen Sinn der Liebe einzudringen. Sie erkennen nur, daß sie lieben. Doch sind sie noch nicht auf die Idee gekommen, sich zu fragen, warum.

Das Liebesgeheimnis des Skorpions

In der Öffentlichkeit ist der Skorpion unerhört fähig, die ihm anvertrauten Pflichten eines Organisators auszuführen. Auf persönlicher Ebene bereitet ihm die Entdeckung Sorge, vor dem tiefen Geheimnis seiner eigenen Existenz zu stehen. Woher kam er? – Wohin geht er? – Warum ist er hier? Der Skorpion muß den Schleier des Lebens lüften, ohne Rücksicht auf den möglicherweise zu zahlenden Preis, um seinen ruhelosen Geist zu besänftigen, der sich von der alleinigen Beschäftigung mit irdischen Dingen gelöst hat. Und so ruft er aus: »Ich verlange!«

Es gibt viel, was die Skorpion-Seele weiß, aber doch mehr, was sie fühlt und was noch nicht bestimmt werden kann. Der Einfluß des Skorpions bringt ein brennendes Verlangen mit sich, in das Unbekannte einzudringen; dieses Verlangen ist so brennend, daß es Verstand und Seele zerstören würde, bekäme er es nicht mit kühler Vernunft in den Griff. Erfahrungen haben den Skorpion vorsichtig gemacht, denen gegenüber seine Meinung kundzutun, die sie auf keinen Fall teilen werden. Jede erlittene Niederlage stärkt im Skorpion die innere Überzeugung, daß die erste Loyalität nur seiner eigenen persönlichen Integrität gelten darf. Der Skorpion spürt, wenn sein Selbst verloren ist, ist alles verloren.

Sex ist etwas, das vom Skorpion erforscht werden muß, mit einer Intensität, die den anderen Sonnenzeichen unbekannt ist. Obwohl der Skorpion der Liebe nur traut, nachdem sie bewiesen hat, daß sie dieses Vertrauen auch wert ist, ist seine Treue, wenn er sich einmal jemandem verschrieben hat, standhaft und ewig. Da er den heftigen Wunsch hat, sich selbst und die, die er liebt, vor Schmerzen zu schützen, sieht er sich gezwungen, die Forderung »Auge um Auge, Zahn um Zahn« zu stellen als Versicherung, daß Verletzungen nicht mehr vorkommen werden. Durch den sanften Einfluß des beherrschenden Planeten Pluto macht die Skorpion-Seele die Erfahrung des Todes, da Freunde und Verwandte sterben, und diese erhöht in ihm nur noch das Verlangen, noch tiefer in das Wissen einzudringen, das im stillen Unterbewußtsein begraben liegt. Während der Geist des Skorpions sich trotz der Schwerkraft wie ein Adler aufwärts schwingt, verstärken sich die weltlichen Verlangen und Leidenschaften und treiben ihn dazu, seinen Wert in Frage zu stellen. Überempfindlich, doch fähig, diese Sensibilität zu kaschieren, lernt der Skorpion die erstaunliche Macht seines eigenen Verstandes kennen und gebraucht ihn im geheimen, aus Furcht, die anderen würden lernen, die gleiche Art der Macht über ihn auszuüben.

Die positiven Eigenschaften des Skorpions sind Treue, Willenskraft, Anziehungskraft, Freundlichkeit, Scharfblick und eine überraschende Selbstkontrolle. In der negativen Form kommen sie zum Ausdruck durch Unbarmherzigkeit, Fanatismus, Rachgier, Sadismus, Argwohn und Selbsthaß.

Für den Skorpion-Menschen bedeutet Liebe eine verzehrende Flamme, die jedes Opfer wert ist – und er muß deren Herausforderung überwinden. Sexuell ungehemmt, doch emotionell furchtsam und vom Verstand her argwöhnisch, strebt er verzweifelt danach, die physischen und geistigen Schwingungen der Liebe zu vereinen in einer eigenartigen Mischung von Erotik und Reinheit. Doch die Befriedigung des Verlangens hinterläßt in der Skorpion-Seele das Sehnen nach etwas, das jenseits liegt.

Das Liebesgeheimnis des Schützen

Im Schützen wird aus Mann und Frau ein skeptischer Philosoph, ein widerwilliger Prophet, der sich über die endgültigen Antworten des Lebensrätsels unschlüssig ist. Also versucht es der Schütze mit eindringlicher Logik und verwirrender Aufrichtigkeit, um seinem Anspruch »Ich sehe« Glaubwürdigkeit zu geben.

Der Schütze spürt den verzehrenden Drang, seinen eigenen Verstand zu erforschen, und versucht, die Geheimnisse des menschlichen Verhaltens in der philosophischen Phase des höheren Lernens zu entwirren. Aber ein Teil seiner Seele ist verärgert über die harten Anforderungen der immer schwierigeren Erziehung und sehnt sich danach, die ihn stark beanspruchende Schule des Lebens zu schwänzen. Er taucht von den Höhen überlegenen Optimismus und blinden Vertrauens in die Tiefe sarkastischen Zynismus. Zuerst leichten Sinns und lustig, dann ernsthaft, ist der Schütze der Zentaur – halb Mensch, halb Pferd – und zielt scharfe Pfeile der Neugier direkt in das Schwarze des gesuchten Wissens. Die Suche des Schützen nach der Wahrheit führt seine Seele durch den Irrgarten der Religionen; er schwankt zwischen überzeugtem Atheismus und religiösem Fanatismus, bis ihm die kirchlichen Dogmen klar werden – und er sie entweder annimmt oder ablehnt, zum Teil oder im Ganzen.

Oft ist der Schütze ausgelassen wie ein Clown, vernachlässigt dabei den Gedanken an die Zukunft sträflich. Zu anderen Zeiten wiederum denkt er auf einem solch hohen geistigen Niveau, daß seine Mitmenschen ihm nicht folgen können.

Die Schütze-Seele hat das symbolische Stadium des Ruhestands erreicht. Von dem beherrschenden Planeten Jupiter getrieben, sehnt sich der Schütze danach zu reisen, sich unter fremden Sonnen zu wärmen, andere Länder, Menschen und Ideen zu sehen und kennenzulernen. Obwohl er sich widerwillig der Notwendigkeit der Arbeit unterwirft, der Pflicht und der Verantwortung, ist er äußerst ungeduldig mit diesen unwillkommenen Einschränkungen der Realisierung seiner Träume.

Um die ständige Ruhelosigkeit seines Geistes zu verbergen, nimmt der Schütze die Pose eines Schauspielers an, die ihm ermöglicht, andere mit einer Mischung von lustigen oder tragischen Späßen zu unterhalten, während es ihm unter seiner Maske möglich ist, die Tiefe seiner Seele auszuloten. In dieser Phase hat der Schütze wenig Zeit für taktvolles Verhalten, da er eilig vorangeht, um die Antworten zu finden, bevor das »Leben« vorbei ist. Der Herbst geht seinem Ende zu, die ersten Windstürme blasen – und das lebhafte Wettergeschehen fordert den Schützen heraus, das Schicksal zu versuchen, um zu beweisen, daß der Mensch stärker als die Natur ist.

Die positiven Eigenschaften des Schützen sind Optimismus, Offenheit, Fröhlichkeit, Logik, Ehrlichkeit, Kühnheit und Enthusiasmus. In negativer Form kommen sie zum Ausdruck durch Rücksichtslosigkeit, emotionelle Verwirrung, Sorglosigkeit, Taktlosigkeit, Heftigkeit und Unbeständigkeit.

Für den Schützen, der symbolisch das Mittelalter der Seele erreicht hat, muß die wahre Liebe jetzt entdeckt werden – oder sie ist für immer verloren. Da der Schütze einen Partner für alle Jahreszeiten sucht, ist er geblendet vom Idealismus und der Herausforderung der Liebe und daher durch ihre Realität schockiert. Seine ängstliche Suche hat ihn noch nicht dorthin geführt, wo sie sich wirklich verbirgt – in seinem eigenen Herzen.

Das Liebesgeheimnis des Steinbocks

Die Steinbock-Seele, die sich ihrer Fähigkeit und ihres Rechts, die Führung zu übernehmen, sicher ist, fühlt nicht das Verlangen, ihre Macht herauszustellen und damit zu protzen – entweder um in der Öffentlichkeit Anerkennung zu erheischen oder an innerer Sicherheit zu gewinnen. Sie hat gelernt, daß der wahre Frieden von innen kommt. Zum Führer bestimmt zu sein, das bedeutet Verantwortung, die so vorsichtig wie möglich zu handhaben ist, und keine besondere Anerkennung für Handlungen, die offensichtlich zur Pflicht eines Führers gehören. Die Verwandten (besonders die Eltern) des Steinbocks erhalten größere Aufmerksamkeit im Guten oder im Bösen, weil das symbolische »Alter« der Seele erreicht ist – und damit auch ein Sinn für die Prioritäten des Lebens; die wichtigste davon ist die Sicherheit zu wissen, wohin man gehört. Die erregenden Liebschaften und die Freiheit der Jugendzeit sind bei weitem nicht so reizvoll für den Steinbock wie die Behaglichkeit und Zufriedenheit mit denen, die sich um ihn sorgen. Der Steinbock ist darauf vorbereitet und auch willens, die unter Schwierigkeiten erworbene Weisheit des Saturn anderen zu vermitteln, jedoch nur, wenn er dazu aufgefordert wird. Da der Steinbock weiß, daß es unvernünftig ist, Menschen zu früh zu reifem Verhalten zu zwingen, lächelt er mit der wohlwollenden Nachsicht eines Großvaters (sein tatsächliches Alter spielt hier keine Rolle) über die Possen der im Herzen Junggebliebenen. Im geheimen sehnt sich der Steinbock danach, seine Pflichten abzuschütteln, doch hat er das Wissen erlangt, daß reiner Idealismus unausführbar ist – und spontaner Enthusiasmus niemals die Erfahrungen ersetzen kann. Sich der Gefahren impulsiven Handelns äußerst bewußt, wurde die Seele konservativer – und die Weigerung des Steinbocks, seine Energie zu verschwenden und sich in Sentimentalität zu verlieren, führt dazu, daß diejenigen, die im Feuer- oder Luftelement geboren sind, ihn der Gefühlskälte beschuldigen. Steinböcke respektieren Autorität, weil sie das Gesetz als eine Notwendigkeit für den Schutz der Menschenrechte und der Sicherheit ansehen. Voller Ehrfucht verehren sie die Berühmten und Erfolgreichen, da sie ihr Geburtsherrscher Saturn gelehrt hat, große Leistungen gebührend zu würdigen und sie den Preis dafür genau kennen.

Trotz der, für leichtlebigere Zeitgenossen zu ernsten und unbeugsamen, äußerlichen Erscheinung des Steinbocks, hat das Leben ihn auch die humoristische Seite gelehrt, und seine feinsinnigen Witze sind begleitet von der Ironie des Daseins. Da die Saturn-Pflicht, der Anwalt der Törichten zu sein, schwer auf den Schultern der Steinböcke lastet, versuchen sie manchmal, das volle Maß der seltenen Vergnügen des Lebens auszuschöpfen, und akzeptieren sie ruhig und ohne falsche Bescheidenheit oder unangemessene Hemmung. Nur später, wenn der ernüchternde Einfluß der Reife wiederkehrt, fühlt der Steinbock ein wenig Reue und Melancholie, da er der Versuchung verbotener

Leidenschaften nachgegeben hat. In dieser seelischen Verfassung ergibt sich für den Steinbock beinahe zwangsläufig, die Notwendigkeit pragmatischen Handelns anzuerkennen, wie er es auch selbst zugibt: »Ich benütze«. Doch die Sanftheit des Geistes schwächt die Strenge der äußeren Härte des befehlenden Saturns, da das Bewußtsein des Steinbocks ein Mitgefühl für menschliche Fehler mit sich bringt.

Die positiven Eigenschaften des Steinbocks sind Entschlossenheit, Beständigkeit, Weisheit, Zuverlässigkeit, Sicherheit und Ruhe. In der negativen Form kommen sie zum Ausdruck in Selbstsucht, Engstirnigkeit, Unbarmherzigkeit, Strenge, Snobismus, Depressionen und Einsamkeit.

Für den Steinbock bedeutet Liebe einen stillen und zwanglosen Austausch persönlicher Befriedigung. Der Steinbock hat die wertvolle Lektion gelernt, daß Liebe nicht nach übertriebenen Emotionen gemessen werden kann. Aber da er die Liebe mit gemeinsamen Wünschen und Bedürfnissen gleichstellt, hat er noch nicht die Erlösung von seinen inneren Sehnsüchten erfahren.

Das Liebesgeheimnis des Wassermanns

Der Wassermann schüttet sein Wissen aus, entschlossen und besorgt, es zu teilen, bevor er diesen Planeten verläßt.

Ein Rätsel für Freunde und Familie, tollt der Wassermann mit den im Herzen Junggebliebenen umher – was verwundert, da seine Weisheit und Erfahrung im direkten Kontrast zu diesem ungezwungenen, exzentrischen Verhalten stehen. So viele Geheimnisse wurden in der Vergangenheit übersehen, weil es keine Zeit gab, sie zu untersuchen. Nun muß der Wassermann sie alle kennenlernen – muß alle Nuancen des Auf und Ab, des Rechts und Links, des Wollens und Nichtwollens erforschen. Er erfreut sich daran, andere zu schockieren, da er sich einer Fähigkeit bewußt ist, die ihm auf unerklärliche Art erlaubt, einen Blick in die Zukunft zu werfen. Überraschend intuitiv und strotzend von unerwarteten Blitzen telepathischer Bilder, prüft die Wassermann-Seele Menschen und Ideen ohne Gefühlsregung und entdeckt die Wahrheit ohne erkennbare Logik oder spürbare Mühe.

Die Wassermann-Seele neigt dazu, Gesetz und Autorität an den Pranger zu stellen, da er im Geiste schon in der Zukunft lebt. Der Wassermann weiß, daß die strengen Gesetze der heutigen Gesellschaft früher oder später liberaler gestaltet werden müssen. Daher sieht er keinen vernünftigen Grund, etwas zu respektieren, was sicher schon morgen in etwas Neues, ganz anderes führen wird. Sollte eine blutige Revolte notwendig sein, um Toleranz, Brüderlichkeit und Verständnis hervorzubringen, so glaubt der Wassermann, daß der Zweck in diesem Fall die Mittel heiligt. Obwohl er Veränderungen der Welt (und seiner Freunde und Familie) befürwortet, beharrt er auf seinen eigenen persönlichen Meinungen, seinem Wertesystem und seinem Lebensstil und spiegelt hiermit die widersprüchliche Natur des herrschenden Planeten Uranus wider.

Für den unvoreingenommenen Wassermann ist jeder Mensch ein Freund. Doch werden vielleicht persönliche Beziehungen vernachlässigt, da er einem Idealismus folgt, der auf den Nutzen der Gesellschaft im allgemeinen bezogen ist. Wie das Wassermann-Zeitalter, das sie reflektiert, hat diese Seele eine goldene und glorreiche Zukunft im Auge, die vielleicht nur erreicht werden kann, indem man alte Gepflogenheiten und altmodische Ideen über Bord wirft. Sollten konservativere Menschen sich von dem Uranus-Verhalten verletzt fühlen, so lacht der Wassermann-Individualist nur über diese Mißbilligung. Intuitiv die Zukunft vorausahnend, erwidert der Wassermann auf alle Fragen: »Ich weiß«, und weigert sich störrisch zu erklären, *wie* er weiß. Nur Kindern gegenüber verhält er sich anders, da diese in ihrer eigenen Unschuld jenes Stadium der unschuldigen Unkompliziertheit verstehen, die die Seele unter dem Einfluß des Uranus auszeichnet.

Die positiven Eigenschaften des Wassermanns sind Weitsicht, Individualität, Toleranz, Freundlichkeit, Erfindungsgabe, Originalität und Genius. In der negativen Form kommt dies zum Ausdruck in Exzentrik, Neurosen, Absonderung, Geistesabwesenheit und in der Weigerung zur Zusammenarbeit. Für den Wassermann bedeutet Liebe eine besondere und selbstlose

Emotion, die erforscht und genossen werden muß. Der Wassermann versteht den Umfang der Liebe und prüft all ihre Dimensionen, doch zerstreut er sie auch sorglos, da er sie mit Freundschaft verwechselt. Die körperliche Erfüllung läßt ihn gefühlsmäßig leer und immer noch sehnsuchtsvoll, da er den Zauber der Einheit mit dem Partner nicht spüren kann – die endgültige Wahrheit der Liebe, die ruhig auf ihre Entdeckung wartet.

Das Liebesgeheimnis der Fische

Mit der geheimnisvollen Weisheit des die Fische beherrschenden Planeten Neptun wissen diese, daß Traurigkeit und Häßlichkeit nicht Teile von Gottes Plan sind. Sie haben einen Blick auf die Schönheit der Wahrheit erhascht, und die Brillanz dieser mystischen Vision löst in ihnen den Drang aus, sich den negativen Erfahrungen auf dieser Welt zu entziehen. Die Fische vermeiden also oft Konfrontationen und Spannungen durch den Fluchtweg der Drogen, durch Alkohol, Tagträume, künstlerische Kreation, philosophisches Theoretisieren, Meditation oder religiöse Zurückgezogenheit. Fische werden vielleicht Lehrer, Mönche, Nonnen, Mystiker, Künstler, Musiker, abstrakte Mathematiker und intuitive Wissenschaftler – oder vielleicht ziehen sie es auch vor, in den trüben Wassern des Alkoholismus oder der Drogenabhängigkeit zu schwimmen, wenn nicht sogar im Wahnsinn. Es ist in der Tat ein schwieriges und kompliziertes Stadium für die Seele, da die Sonnenzeichen-Erfahrung für den Fische-Mann oder die Fische-Frau mit Versuchungen beladen ist.

Da sie im Unterbewußtsein »alles schon einmal mitgemacht« haben, bringen die Fische ein natürliches Mitgefühl für die Schwierigkeiten ihrer Mitmenschen auf. Die Neptun-Seele ist mit den Wechselhaftigkeiten des Lebens vertraut, versteht die Schwächen der menschlichen Natur und neigt daher eher zu Mitleid, als die Fehler der Menschen zu verdammen. Und daher wenden sich andere sehr oft mit ihren Geheimnissen, Befürchtungen und Sorgen an diese »alten Seelen«. Doch ist deren erster Instinkt, sich von den heiklen Verwicklungen jeder Art fernzuhalten. Nur wenn die Fische den Mut finden, ihren eigenen Problemen mit der gleichen spirituellen Weisheit gegenüberzutreten, die sie anderen anbieten, können die Neptun-Geheimnisse ergründet werden. Diese Seelen sind vergebender, zärtlicher; denn die Fische versichern: »Ich glaube«. Um den vollen Glanz und die Wahrheit der Liebe zu erkennen, können die Fische, wenn sie wollen, auf die Unschuld des Widders, die Geduld des Stiers, das Bewußtsein des Zwillings, das Wahrnehmungsvermögen des Krebses, die Vornehmheit des Löwen, das Unterscheidungsvermögen der Jungfrau, die Urteilskraft der Waage, den Scharfsinn des Skorpions, die Ehrlichkeit des Schützen, die Weisheit des Steinbocks – und die Menschlichkeit des Wassermanns zurückgreifen. Doch manchmal führen diese vielen Fragmente geheimen Wissens nur dazu, die Fische noch mehr zu verwirren, und verleiten sie, den leichteren Pfad passiven Zurückweichens zu nehmen.

Die positiven Eigenschaften der Fische sind Bescheidenheit, Mitgefühl, Empfindsamkeit, geistige Wachsamkeit, psychisches Verständnis, philosophischer Einblick und heilende Kraft. In negativer Form kommen sie zum Ausdruck in Schüchternheit, Besorgnis, Masochismus, Trägheit, Lüge und Willensschwäche.

Für die Fische bedeutet Liebe selbstlose Unterwerfung des Ichs unter das Verlangen, eins zu werden. Die Fische erhalten mehr Vergnügen durch das Geben als durch Nehmen, mehr Glück durch Dienen als darin, bedient zu werden. Doch der rätselhafte Neptun stellt die Fische mit dem Zauber vielfältiger sexueller und romantischer Erfahrungen auf die Probe – und treibt sie von einer Affäre in die andere. Durch Promiskuität oder das Gegenteil, den Rückzug in ein Einsiedlerdasein – flüchten die umsichtigen Fische vor der Gefahr, sich im Netz tiefer emotionaler Bindungen zu verfangen.

Doch der Fische-Mensch, der dieser Versuchung widersteht, die Schmerzen der Liebe zu vermeiden – indem er nur deren Vergnügen sucht – wird von dem endgültigen Geheimnis der Liebe reichlich belohnt. Dann erblickt er vielleicht die wahre Leidenschaft einer Verbindung von Verstand, Herz und Geist, die zu einer seltenen physischen Ekstase führt.

Ihr Sonnenzeichen

Der Ausdruck »Sonnenzeichen« bedeutet, daß – wenn Sie zum Beispiel ein Zwilling sind – die Sonne bei Ihrer Geburt ihren mächtigen Einfluß im Felde des Tierkreises Zwillinge (nicht im astronomischen Sternzeichen) ausübte – in diesem Fall also vom 21. Mai bis einschließlich 21. Juni (während der letzten Jahrzehnte in den USA; in Europa bis einschließlich 20. Juni). Sie werden merken, daß die Daten der zwölf Sonnenzeichen-Perioden mit den Astrologie-Büchern, die Sie lesen, variieren; dies kann für den Laien verwirrend sein. Der Grund für diese Abweichungen liegt darin, daß die meisten Astrologen Sie nicht mit der Information belästigen wollen, daß die Sonne im Lauf eines bestimmten Tages (am Morgen, Nachmittag oder Abend) das Zeichen wechselt.

Daher »berauben« sie das darauffolgende Sonnenzeichen um diesen Wechseltag und geben ihn dem anderen – damit es sich ausgleicht. Dies vergrößert jedoch nur die Verwirrung. Es ist sehr einfach, so zu tun, als ob jede Sonnenzeichen-Periode genau um Mitternacht beginnt. Doch das stimmt nicht.

Die Sonne *verläßt* zum Beispiel, außer bei Schaltjahren, (während der letzten Jahrzehnte und auch gegenwärtig) das Zeichen Widder irgendwann am 20. April und *tritt* in das Zeichen Stier *ein* (am 21. April in Europa). Es ist wichtig zu wissen, daß der 20. April *beide* Zeichen enthält. Sonst könnten Sie vielleicht Ihr ganzes Leben lang glauben, Sie wären ein Stier, obwohl Sie in Wirklichkeit ein Widder sind.

Man darf also nicht vergessen, daß man die genaue Zeit und die Längen- und Breitengrade der Geburt kennen muß, wenn man am *ersten* oder am *letzten* Tag einer Sonnenzeichen-Periode geboren wurde, um urteilen zu können, ob die Sonne zu dieser Stunde am Geburtsort schon das »Zeichen gewechselt« hat. Der Ausdruck »Mondzeichen« bezieht sich auf das Feld des Tierkreises (nicht auf das astronomische Sternzeichen), durch den der Mond zur Geburtszeit »zog« und seinen Einfluß ausübte. Der Ausdruck »Aszendent« (gelegentlich auch »aufgehende Sonne« genannt) beinhaltet das Tierkreiszeichen, das am Osthorizont im Augenblick der Geburt »aufging«. Der Aszendent variiert mit dem Geburtsort (er hängt von der geographischen Lage, ausgedrückt in Längen- und Breitengraden, ab).

Eine Bemerkung zu den »Grenz-Geburtstagen«: Sehr oft sagen (und glauben) Menschen, die an einem dieser »Grenztage« (der Tag, an dem die Sonne in ein anderes Zeichen übergeht) geboren wurden, daß ihre Persönlichkeit scheinbar die Eigenschaften *beider* Sonnenzeichen enthalten. Und sie stellen sich vor, daß dies durch diese »Grenz-Geburtstage« hervorgerufen wird. Manche Astrologen sagen, daß ein »Grenz-Geburtstag« verursacht, daß der Mensch die Charakterzüge beider Zeichen zeige. Meine umfassenden und abwechslungsreichen Erfahrung als Astrologin haben mich überzeugt, daß dies einfach nicht der Wahrheit entspricht. In jedem einzelnen Augenblick, in dem ein Mensch glaubt, er verhalte sich in einer Weise, die einer Verbindung von zwei aufeinanderfolgenden Sonnenzeichen entspricht – verhält er sich, ohne Ausnahme, eben in dieser Weise, weil der *Mond* oder *Aszendent* dieses Menschen im »zweiten« Sonnenzeichen steht.

Ein einziges Sonnenzeichen gilt für Sie. Ihre Persönlichkeit kann und wird nicht an zwei Sonnenzeichen teilhaben, weil Sie an einem »Grenztag« geboren sind. Es ist wahr, daß jedes der drei »Dekanate« eines jeden Sonnenzeichens (jedes astrologische Zeichen umfaßt 30 Grad – jedes »Dekanat« zehn Grad) seine eigene Variation der einzelnen Sonnenzeichen-Eigenschaften verleiht. Doch das ist ein vollkommen anderes Thema. Wenn man ein Steinbock ist, so ist man ein Steinbock. Man ist nicht »zum Teil« ein Wassermann, weil man an einem »Grenztag« geboren wurde. Wenn man sich gelegentlich wie ein Wassermann verhält, so kann man sicher sein, daß der *Mond* oder *Aszendent* zur Geburtszeit im Zeichen Wassermann stand.

Besser: »Wenn sich die Sonne im Zeichen Steinbock befindet, so wirkt sie eben nur in der Art der Eigenschaften des Steinbocks.« Zu diesem äußerst genau bestimmten kosmischen Zeitpunkt (der auf der Erde vielleicht nur Minuten ausmacht, bei gegenwärtigen astronomisch-mathematischen Verhältnissen) – in dem Moment also, wenn die Sonne in das Zeichen Wassermann »eintritt«, übt sie ihren mächtigen Einfluß durch den Wassermann aus und nicht mehr durch das Steinbockzeichen. Die Sonne kann nicht gleichzeitig die Charaktereigenschaften von Steinbock und Wassermann bewirken. Es ist kosmisch und astrologisch unmöglich. Die Vereinfachung der Astrologen, die auf den kombinierten Eigenschaften der »Grenztage« bestehen, kann in Verbindung mit den Sonnenzeichen nicht angewandt werden. In Verbindung mit anderen astrologischen Kräften (eingeschlossen der gegenwärtige »Planeten-Einfluß« des Wassermann-Zeitalters) sowie mit den Aspekten und so weiter – kann man es anwenden. Aber nicht im Fall der Sonnenzeichen.

Sonnenzeichen - Geburtsperioden

Widder	21. März bis 20. April
Stier	21. April bis 20. Mai
Zwillinge	21. Mai bis 20. Juni
Krebs	21. Juni bis 20. Juli
Löwe	21. Juli bis 21. August
Jungfrau	22. August bis 22. September
Waage	23. September bis 22. Oktober
Skorpion	23. Oktober bis 22. November
Schütze	23. November bis 20. Dezember
Steinbock	21. Dezember bis 19. Januar
Wassermann	20. Januar bis 18. Februar
Fische	19. Februar bis 20. März

Geburtsherrscher

Widder	Mars
Stier	Venus
Zwillinge	Merkur
Krebs	Mond
Löwe	Sonne
Jungfrau	Merkur
Waage	Venus
Skorpion	Pluto
Schütze	Jupiter
Steinbock	Saturn
Wassermann	Uranus
Fische	Neptun

Die Löwe-Löwe Beziehung

Treffen zwei Löwen zusammen, so ist schon der Grundstein zu einer »Gesellschaft zur gegenseitigen Bewunderung« gelegt. Und mit welchem Grundkapital? Nun, mit Anbetung natürlich. Sie bedeutet den beiden weit mehr als Geld.

Im täglichen Beisammensein gewähren Löwen einander Schutz vor Feinden und legen eine bedingungslose Treue und Ergebenheit an den Tag – beides Voraussetzungen für eine dauerhafte und feste Freundschaft. Freundschaft, die weit über den gebräuchlichen Sinn des Begriffes hinausgeht, ist ein Charakteristikum der Löwen. Löwen sind zu heroischen Opfern und Entsagungen bereit, wenn es um Freundschaft, Liebe oder eine heilige Pflicht geht. Es ist dies eine Art von beharrlicher Ergebenheit, die dem Ruf von Herrschsucht und snobistischer Arroganz so völlig widerspricht.

Zugegeben – Löwen und Löwinnen haben auch weniger bewundernswerte Eigenschaften. So stark und tapfer, wie sie sich in Notzeiten zeigen, so unerträglich arrogant und häufig blind vor falschem Stolz können sie im täglichen Leben sein. Ihre warmherzige und sonnige Natur ist unverhofften Schwankungen ausgesetzt und erstarrt zu jener kühlen Würde, die eine Fürstlichkeit annimmt, wenn ein Bauer die Dreistigkeit besitzt, einen König oder eine Königin zu kritisieren. Ein Löwe wird jeden, der sich anmaßt, ihm nicht den nötigen Respekt entgegenzubringen, mit einem zornigen Brüllen strafen.

Wenn Löwe und Löwin sich zusammentun, wird gekämpft, gebrüllt und geschmollt – mehr, als es bei anderen Partnern von 1:1-Sonnenzeichen-Kombinationen der Fall ist (Widder ausgenommen). Es ist ein ständiger Kampf um die Vorherrschaft. Sie sind zufrieden und einander vertraut, zeigen gegenseitiges Verständnis für ihre Eitelkeit, ihren falschen Stolz und ihr übergroßes Bedürfnis, bewundert zu werden, aber gelegentlich müssen sie einfach um die Stimmen der »niederen Tiere« werben. Sind sie nur unter ihresgleichen, dann fühlen sie sich – meistens zumindest – auf einer Stufe stehend, und festigen ihre Beziehung durch gegenseitigen Respekt. Kommt jedoch eine dritte (vierte oder fünfte) Person hinzu, dann beginnt auch schon der Kampf um Aufmerksamkeit und Vorherrschaft. Denn das potentielle Publikum kann ja schließlich nur *einen* der Löwen als *den* Star ansehen – der andere muß sich mit einer Nebenrolle zufriedengeben. Dies gilt ebenso für schüchterne Löwen wie für die selbstbewußter auftretenden und extrovertierten Löwen – mit dem einzigen Unterschied, daß erstere mit weniger lauten Paukenschlägen für sich werben als letztere. *Alle* Löwen müssen verehrt und in gewissem Sinn angebetet werden, und ein Löwe kann nicht wirklich einen anderen verehren, ohne das Zepter seiner Macht abzugeben.

Es läßt sich nicht leugnen, daß die meisten Löwen und Löwinnen in mancherlei Hinsicht jenem »Fußvolk« überlegen sind, unter das sie sich gelegentlich zu mischen geruhen. Sie sind intelligent, hübsch anzusehen, anmutig in Gang und Haltung, auf romantische Weise unwiderstehlich, freundlich und großzügig, nobel und tapfer, treu und liebenswert. Doch manchmal reizen sie einen schon zum Ungehorsam und Widerspruch, besonders dann, wenn sie mal wieder eine von ihren würdevoll-arroganten »Der König (oder die Königin) irrt nie«-Platten auflegen. Versuchen Sie, einen Löwen dazu zu bringen, einen Fehler zuzugeben. Irrtümer zu bekennen, setzt Bescheidenheit voraus, eine Tugend, die, gelinde gesagt, den Löwen nicht gerade auszeichnet.

Der Grund, warum zwei Löwen häufig so gut miteinander auskommen, liegt auf der Hand. Hoheit fühlt sich in Gesellschaft Ebenbürtiger stets wohler als in Anwesenheit Unterlegener (andere Sonnenzeichen). Löwen und Löwinnen kennen sich untereinander bestens aus. Sie wissen, wie man sich gegenseitig mit dem täglichen Minimum an halbwegs ehrlich gemeinten Komplimenten füttert, und verachten den Gebrauch von heuchlerischen Schmeicheleien ebenso wie unechten Schmuck. Echte Zuneigung ist ihnen genauso wertvoll wie seltene, kostbare Perlen. Niemals würde ein Löwe den anderen mit einer billigen Schmeichelei beleidigen; er bringt ihm stets ernstgemeinten Respekt entgegen. Gegenseitige Treue und Ergebenheit sind tief und unerschütterlich, denn ihre feurigen Naturen sind dazu bestimmt, auf die Herausforderung des anderen einzugehen und Respekt zu verlangen. Wie alle echten Monarchen, so besitzen auch Löwen ein angeborenes, instinktives Gefühl für die Feinheiten des Protokolls und entwickeln ein unfehlbares Gespür dafür, wie weit sie gehen können, ohne die Grenzen der königlichen Etikette zu verletzen. Zwei Löwen, die im Eifer des Gefechts die Kontenance verlieren und unbeabsichtigt diese unsichtbare Grenze überschreiten, werden fast immer einen Dritten, den Sündenbock, finden, dem sie die Schmach anhängen können.

Natürlich gibt es bei dem unvermeidlichen Kampf um die Vorherrschaft häufig gegenseitig zugefügte (oft tiefe) Narben von verletztem Stolz. Sie brüllen sich gelegentlich zornig an und können sich nur schwerlich einigen, wie die Ansprüche an diesem oder jenem Lehen gerecht aufzuteilen sind. Doch die strahlende, warme, verzeihende Güte der sie beherrschenden Sonne scheint durch jedes Löwenwort, jede Löwentat und weckt in jedem Löwen das Verlangen, den Besitz von großer Charaktervornehmheit zumindest vorzugeben und im Sieg großzügig, in der Niederlage kühn und unverzagt zu sein. Wenn ihre Mondzeichen nicht gerade völlig unverträglich sind, können zwei stolze Löwen ihre Differenzen immer ausräumen, welche Wunden sie sich auch anfänglich gegenseitig schlagen – denn das Zeichen Löwe herrscht über das Herz, wo das Königreich des Glücks stets zu finden ist.

Löwe-Frau – Löwe-Mann

Wenn ein Löwe schon bei der kleinsten Kleinigkeit losbrüllt, dann malen Sie sich mal seine Reaktion aus, wenn sein Stolz von einem Vertreter des sogenannten schwachen Geschlechts verletzt wird.

Für die typische Löwe-Frau ist die Rolle der Hausfrau ein gar zu armseliger Part auf der Bühne des Lebens. Denn wie Sie wissen, ist die ganze Welt eine Bühne, und alle Männer und Frauen sind nichts als Schauspieler.

Der einzige Unterschied zwischen gewöhnlichen Sterblichen und jenen Erleuchteten, die sich unter uns bewegen, besteht darin, daß diese *wissen,* daß sie nur auf einer Bühne stehen. Sie sind sich bewußt, daß sie vorgefertigte Rollen im Theater des Lebens spielen, und müssen traurig und belustigt zugleich feststellen, daß die anderen Schauspieler und Schauspielerinnen jede Szene todernst nehmen und vergessen, daß sie die ganze Tragödie oder Komödie nach Belieben umschreiben könnten. Es ist, als hätte das Rampenlicht eine Beschwörungsformel über sie ausgesprochen, die es ihnen unmöglich macht, zwischen Illusion und Wirklichkeit zu unterscheiden.

Jede Löwe-Frau ist sich darüber im klaren, daß sie in der Rolle der Hausfrau nicht gerade ihre ganze Erfüllung als Frau finden wird. Besen und Staubtücher vertragen sich nicht mit Diadem und Krönungsglanz. Da sie diese Tatsache instinktiv oder mit Hilfe eines Horoskops spüren, sind fast alle Löwinnen, d. h. über zwei Drittel, Karrierefrauen. Und der Karriere steht nichts im Wege, es sei denn, die Löwe-Frau verliebt sich in einen Löwe-Mann. Dann könnte das Ganze doch etwas brenzlig werden. Es wird ihr nicht schwerfallen, ihn zu erkennen, wenn er verstohlen in ihr Leben gepirscht kommt, und sich zu erinnern, daß sie selbst ihm diese Starrolle zugedacht hat, wenn sie ein kluger Autor, Regisseur und Intendant ist. Er wird mutig, zärtlich beschützend und von seiner eigenen Würde überzeugt sein, ganz egal, ob die Menschheit selbige schon anerkannt hat oder nicht. Sie wird es bald. Sie sollte es bald. Und *Sie* ebenfalls. Sein Lächeln ist verwirrend, doch seine Haltung verrät ein grimmiges Gemüt und einen starken Willen. Er ist großzügig, warmherzig, furchtbar stolz und mimosenhaft verletzlich, wenn es um seine Männlichkeit geht. Doch nun wieder zurück zu ihrer Karriere.

Sollte sie zu Beginn ihrer Beziehung mehr verdienen als er, wird er sich nicht im geringsten darum scheren. Er ist überzeugt davon, daß sein Einkommen dem ihren bald entspricht, nicht nur entspricht, sondern es übertrifft. Ein Löwe, der hoffnungslos in eine anmutige, verführerische, sinnliche Löwin verliebt ist, wird sich doch nicht durch Nebensächlichkeiten wie Geld von seinen Freier- und Erobererplänen abhalten lassen.

Geld wird nur eine »Kleinigkeit« zwischen ihnen bleiben, wenn er recht behält in der Annahme, eines Tages ihr Einkommen, ihren Erfolg und/oder andere Leistungen im Karrieredschungel zu erreichen oder gar zu übertreffen. Befindet er sich jedoch beruflich in einer Sackgasse, dann wird das liebe Geld sehr rasch zu einem großen Problem, das sich beim geringsten Anlaß zu einem »Riesenproblem« entwickelt, bis es schließlich unüberschaubar geworden ist und sich zwischen sie stellt.

Wenn sie mehr Geld (oder von etwas anderem mehr) besitzt, kann die Beziehung nur durch ein heroisches Opfer gerettet werden. Und wer bringt das Opfer? – Sie! Eine Löwe-Frau kann die Männer aller anderen Sonnenzeichen beherrschen, trifft sie jedoch auf einen Löwen, dann ist er der Dominierende. Die Löwin, die ihr gemeinsames Glück über alles andere stellt, könnte ihn zum Beispiel bitten, daß er sie bei ihrer Arbeit oder Karriere unterstützt, ihn anschließend davon überzeugen, daß sie es ohne seine Hilfe nie so weit gebracht hätte und anschließend das verdiente Geld mit ihm teilen. Sie kann natürlich ihren Beruf auch gleich ganz aufgeben, wenn er sie räumlich und emotionell trennt. Wenn sie ihn wirklich liebt, wird sie lieber bei ihm bleiben, als allein in der luxuriösen Penthousewohnung zu schmachten.

Hat sie ihn verletzt, so wird er vorgeben, daß eine andere Frau im Spiel ist, genauso wie sie ihm vortäuschen wird, einen Liebhaber zu haben, wenn er sie verletzt hat. Doch in neun von zehn Fällen sind sie *beide* allein und einsam und belassen es bei der reinen Androhung der Untreue, wenn sie dem anderen eine Lektion erteilen wollen. Das ist typisch Löwe. Natürlich gibt es auch tatsächliche Fälle von Untreue, doch sie sind die Ausnahme, die die Regel bestätigt, denn die meisten Löwen und Löwinnen haben Schwierigkeiten, einen anderen König (oder eine andere Königin) zu finden, der oder die würdig ist, den Thron mit ihm (oder mit ihr) zu teilen. Sie sind nicht bereit, sich auf ein billiges Abenteuer einzulassen, und dennoch zu stolz, dem geliebten Menschen einzugestehen, wie qualvoll ihre Einsamkeit war.

Nicht alle, aber viele Streitereien zwischen Mann und Frau rühren von einem Angriff auf sein männliches Selbstbewußtsein her, meist hervorgerufen durch den Neid auf bessere Berufs- und Gehaltschancen, Erfolg usw. Der wahre Grund jedoch ist der Positionskampf in Sachen Stolz. Der Löwe-Mann muß siegen. Anders geht es nicht. Sonst wird er in pathetischer Schwermut versinken. Und welche Frau wäre schon glücklich, einen murrenden und verbitterten Partner an ihrer Seite zu haben! Die Löwe-Frau ganz bestimmt nicht.

Beide können Sex und Zuneigung harmonisch verbinden, weil sie sexuelle Befriedigung zu geben und zu nehmen wissen, ohne den Zauber der Romanze zu opfern. Physische Vereinigung, die Vollendung der Liebe, das totale Einssein, kann für Löwe und Löwin unendliches Glück und die ständige Erneuerung ihrer gegenseitigen Zuneigung bedeuten. Er wird sich ihr mit Sanftheit und Leidenschaft nähern, und sie wird diesen einzigartigen Augenblick erleben, in dem ihr Instinkt ihr sagt, welche Rolle sie übernehmen soll und sie sich willig unterwirft, damit *er* sie mit schützender Zärtlichkeit führen und erobern kann, was gewöhnliche Leidenschaft zu Ekstase verwandelt, und zwar für beide.

Wenn sie jedoch ihr Konkurrenzdenken auf anderen Gebieten nicht vergessen können, dann wird aus dieser Ekstase etwas, das der Hölle gleichkommt. Ein Löwe, der nicht genügend respektiert und dessen Stolz verletzt wird, verliert den Glauben an seine Männlichkeit und kann vorübergehend impotent werden. Männliche Impotenz äußert sich zuerst als seelische Störung und führt im fortgeschrittenen Stadium zu echten physischen Schmerzen.

Um seine Erniedrigung zu kaschieren, setzt er sich die Maske des eisigen Sarkasmus und des kühlen Desinteresses auf und bricht so ihr ahnungsloses Herz. Auf ähnliche Weise kann eine Löwin vorübergehend frigide werden, wenn sie nicht genügend angehimmelt und verehrt und so ihr Stolz verletzt wird und sie den Glauben an ihre Weiblichkeit verliert. Dann wird *sie* die Maske arroganter Halsstarrigkeit oder Langeweile tragen, um ihre Erniedrigung zu kaschieren und dabei *sein* ahnungsloses Herz brechen.

Ereignisse, die einen emotionalen Engpaß zwischen einen normalerweise zärtlichen und liebevollen Löwen und seiner Löwe-Frau auslösen, können von einem zeitweiligen Mangel an gegenseitiger Bewunderung oder von einer voreilig ausgesprochenen Beschuldigung wirklicher oder fingierter Untreue herrühren. (Beides ruft in gleichem Maße diese so schmerzvollen Qualen der Eifersucht, des Neides und des Mißtrauens hervor und hinterläßt tiefe Wunden, die nur langsam verheilen.)

Die Löwe-Jungfrau Beziehung

Wenn die Planeten und Aszendenten in ihren Geburtshoroskopen in harmonischem Aspekt zueinander stehen, dann wird die Löwe-Jungfrau-Beziehung für beide Glück und Erfüllung bringen.

Obgleich die im allgemeinen gutmütigen und liebevollen Löwen (und Löwinnen) also weder ihrer Anlage nach noch vorsätzlich Sadisten sind, benehmen sie sich gelegentlich wie Sadisten – einfach aufgrund ihres ausgeprägten Anspruchs, von anderen in ihrer Überlegenheit anerkannt zu werden. Sollten diese »anderen«, oder der andere, zufällig unter dem Sonnenzeichen der Jungfrau geboren sein, so ist es begreiflicherweise eine Verlockung für den Löwen, auf Beherrschen und Befehlen besonderen Wert zu legen. Jungfrauen scheinen sich so bereitwillig und fügsam zu unterwerfen – *anfangs* zumindest.

Weder ist der Löwe ein geborener Sadist noch die Jungfrau eine geborene Masochistin. Das scheint nur so. Zugegeben, Jungfrauen verhalten sich in einer Art und Weise, die bisweilen an Masochismus grenzt, wenn man ihre höfliche, leise Sprechweise, ihr zurückhaltendes, fast unterwürfiges Benehmen bedenkt. Da Löwen meist den Ton angeben und zudem leicht arrogant sind, mag es manchmal so aussehen, als ob die introvertiertere Jungfrau geradezu vernarrt ist in eine Art masochistische Verhaltensweise – als würde sie fortwährend knicksen und katzbuckeln vor König oder Königin, *anfangs* zumindest.

Ist das Maß voll, wird die lange Zeit duldende, stille Jungfrau auf einmal erstaunlich beredt. Ganz plötzlich wird sie eine

Liste der Löwen-Fehler und Unzulänglichkeiten des Löwen herunterhaspeln, und zwar mit peinlicher Genauigkeit, dann wird sie gelassen (und höflich wie immer) dem königlichen Palast den Rücken kehren, voller Selbstbewußtsein und von umwerfender Entschlußkraft (Sie wissen, Jungfrau ist ein Erdzeichen).

Und dann gibt es eben auch die entgegengesetzte Möglichkeit: der (die) unglückliche Löwe (Löwin) wird das Opfer einer langandauernden Behandlung von sehr heimtückischem Charakter seitens einer kühlen, sehr irdischen Jungfrau, die (und dabei immer von ausgesuchter Höflichkeit) jedes Haar in des Löwen Mähne spaltet, bis der Löwe fast kahl ist (in symbolischem Sinne), die unaufhörlich des Löwen Bemühungen und Anstrengungen bemäkelt und herabsetzt, die unablässig seine Träume als unrealisierbar abtut und jedes Wort und jede Geste des Löwen als übertrieben dramatisch verwirft. Nach einer Weile wird der Löwe, all seiner Würde, seines Stolzes und Selbstvertrauens beraubt, einsam und geknickt herumschleichen und bittere Tränen vergießen – auf der jammervollen Suche nach Kraft und Mut.

Dies alles sind traurige Ausgänge, sind Gefahren, die diese 2:12-Sonnenzeichen-Kombination aus einem Feuer- und einem Erdzeichen vermeiden muß. Nun, da wir sie vor den Gefahren, die in verschiedenen Variationen (wenn etwa der Sonne-Mond-Aspekt zwischen ihnen ungünstig ist oder ihre Aszendenten sich negativ beeinflussen) auftauchen können, gewarnt und ihnen hoffentlich beigebracht haben, wie solches Leid zu verhindern ist – nun können wir auf die hellere, freundlichere Seite der Löwe-Jungfrau-Verbindung eingehen. Und die gibt es.

Ein scheuer Löwe und eine Jungfrau, die ihre Unterschiedlichkeiten angeglichen und eine erträgliche Atmosphäre für sich selbst geschaffen haben, sind eine wirkliche Freude. Der Löwe hat einen höflichen, ergebenen Gefährten gefunden, der die Löwe-Tugenden aufrichtig zu schätzen weiß – ein bewunderndes, intelligentes Wesen, das ihm dient und dafür entsprechenden Schutz erwarten darf. Die Jungfrau hat endlich jemanden gefunden, der wirklich aller Achtung würdig ist (und die Ansprüche einer Jungfrau sind hoch!), einen warmherzigen und großmütigen Freund, der weise und zärtlich zugleich ist, stark genug, um sich im Notfall auf ihn verlassen zu können, doch auch verwundbar genug, um die ständige Aufmerksamkeit und Fürsorge der Jungfrau zu brauchen. (Das Bewußtsein, gebraucht zu werden, ist gleichsam eine sich ständig aufladende Batterie für die einsame Jungfrau.) Irgendwann einmal hat der Löwe die Jungfrau darüber belehrt, daß er nicht fortwährend heruntergesetzt und kritisiert werden will – und irgendwann einmal hat die Jungfrau dem Löwen zu verstehen gegeben, daß eine Jungfrau keine Lust hat, Sklavin seiner hochtrabenden Ansprüche und Einfälle zu werden – und so kann sich dann eine warmherzige und lebendige Beziehung zwischen diesen beiden entwickeln, die fast märchenhaft anmuten mag. Märchenhaft, weil die Jungfrau das ist, was die Astrologie ein »menschliches« Sonnenzeichen nennt, symbolisiert eben durch die Jungfrau, die die Ernte einbringt, und der Löwe das ist, was die Astrologie ein »Tier«-Sonnenzeichen nennt, symbolisiert durch den furchtlosen Beherrscher des Tierreichs.

So dramatisch, überschwenglich und bombastisch Löwen manchmal auftreten, sind sie doch zugleich sehr tüchtige, geschickte und besonnene Organisatoren. Von Zeiten abgesehen, in denen ihnen ihr Stolz und ihre Eitelkeit im Wege stehen, haben Löwen erstaunlich viel gesunden Menschenverstand. Die praktisch veranlagte Jungfrau bewundert ihn insgeheim, doch muß sie sich angewöhnen, dem Löwen das auch zu *sagen.* Das gleiche gilt für den Löwen: Obwohl er Freude an dem aufrichtigen Bemühen der Jungfrau findet, alles ganz ruhig, so gut wie nur irgend möglich auszuführen, so zollt er ihr doch zu selten das Kompliment einer aufrichtigen Würdigung ihrer Sensibilität und Aufrichtigkeit, die die Jungfrau sehr viel häufiger unter Beweis stellt als andere Leute, auf die sich der Löwe verläßt – um dann enttäuscht zu werden.

Löwe-Frau – Jungfrau-Mann

Glauben Sie vielleicht, sich vor einer Löwin zu verbeugen wäre zuviel verlangt von ihrem Jungfrau-Liebhaber-Freund-Gefährten-Ehemann? Zurück zu unserer Frage. Möglicherweise ist er überfordert, aber eine zu überschwengliche Huldigung kann es in ihren Augen gar nicht geben.

Wie theatralisch oder dramatisch das auch immer klingen mag, wenn sie eine Löwe-Frau ist, wird sie ihr strahlendstes Lächeln lächeln, ihre Augen werden glühen, ihre Wangen sich vor Freude röten – und sie wird Sie so liebevoll ansehen, daß Sie momentan vollkommen betäubt sind und sich beileibe nicht wie ein Narr vorkommen. Es ist wirklich erstaunlich, wie gnädig und selbstverständlich ein Löwe jede Zurschaustellung von Verehrung als vollkommen natürlich und rechtmäßig entgegennimmt. Einige Löwen fordern sie, alle Löwen sehnen sich danach – und nicht einer wird sie jemals zurückweisen.

Können Sie sich jetzt eine Frau mit einem derart überwältigenden Bedürfnis nach Verehrung vorstellen, verliebt in einen Jungfrau-Mann, der sie ebenfalls liebt, aber dem es so ungeheuer schwerfällt, ihr eine nette Geburtstagskarte auszuwählen, der zu schüchtern ist, sie im Beisein von anderen auch nur anzusehen, geschweige denn ihre Hand zu nehmen oder den Arm um sie zu legen, wenn irgend jemand es sehen könnte – ein Jungfrau-Mann, der zu seiner Löwin nur sagt: »Ich liebe dich«, und das vielleicht einmal im Jahr, der sie fortwährend wegen ihrer Verschwendungssucht zurechtweist, und all das, während sie herausfordernd vor ihm steht, zu stolz, um zu weinen, im neuen Pullover, mit neuer Frisur, die Lippen anders geschminkt, und ihre Augen ihn vergeblich anflehen, ihr doch zu sagen, wie wundervoll sie aussieht?

Ein Jungfrau-Mann kann tatsächlich unter Schwindelanfällen und zu hohem Blutdruck leiden, wenn er gezwungen wird, inmitten von Unordnung zu leben. Dieser Mann braucht dringend Ordnung in seinem Leben und seiner Umgebung, oder aber er dreht durch. Praktisch veranlagt und konservativ eingestellt (es sei denn, Mond oder Aszendent stehen in einem Feuer- oder Luftzeichen), verabscheut er Verschwendung. Er sorgt sich ständig um seine Gesundheit, ärgert sich über Kleinigkeiten, und wenn seine Vorstellungen durchkreuzt oder nur für einen Augenblick gestört werden, kommt es zu Schwindelanfällen und Atemnot. Er gerät in Panik, wenn seine persönlichen Sachen verlegt werden oder gar abhanden kommen. Laute Stimmen und dramatische, gefühlsgeladene Szenen zerren an seinen Nerven. Er ist höflich, ziemlich introvertiert und empfindsam.

Nun stellen Sie sich diesen Mann vor, mit solch bestimmten Gewohnheiten, festen Grundsätzen und dazu von ausgesuchter Empfindlichkeit im Gefühlsleben, der eine Löwin liebt, die ihn ebenfalls liebt, jedoch darauf besteht, zweimal soviel Geld auszugeben, als sie beide zusammen verdienen, um jeden Luxus anschaffen zu können, der ihr gerade gefällt, die alle paar Monate seinen Schreibtisch umräumt und umstellt und seine Lieblingssocken und -krawatten ausrangiert, sollten die Farben ihr Mißfallen erregen – und das alles, ohne sich überhaupt die Mühe zu machen, ihn davon in Kenntnis zu setzen.

Können Sie sich die Gefühle dieses empfindsamen männlichen Wesens vorstellen, wenn sie ihm Geschichten über ihre früheren Liebhaber auftischt, und das abends, gerade als sie zu Bett gehen wollen? Während er noch vor ihr steht und nervös daran denkt, daß der Wecker kaputt ist, was bedeuten kann, daß er verschläft und am nächsten Morgen zu spät zur Arbeit kommt.

Sie brauchen keine allzu große Phantasie, um sich vorstellen zu können, was sich nach der eben beschriebenen Szene abspielen wird, wenn die Lichter gelöscht sind. Die Löwin wird zutiefst verletzt sein, weil ihr Ehemann sofort einschläft, ohne ihr einen Gute-Nacht-Kuß gegeben zu haben. Alles seine Schuld, erklärt sie ihm am nächsten Morgen, während sie in den Spiegel blickt und die dunklen Ringe unter den Augen betrachtet.

Die Selbstgefälligkeit und Hochmütigkeit einer Löwin werden geradezu magisch verwandelt in freundliche Rücksichtnahme und liebende Großzügigkeit, wenn sie besonders zärtlich behandelt und verwöhnt wird und wenn ihre Gefühle respektiert werden. Genau wie das übertriebene Fehleraufdecken und kühle Sich-Zurückziehen des Jungfrau-Mannes magisch verwandelt wird in zarte Besorgtheit, in eine friedlichere und zugleich freigebigere Verhaltensweise, wenn er höflich behandelt und aufrichtig geschätzt, anstatt beständig angetrieben und aufgerüttelt wird.

Wenn er will, daß diese Verbindung Bestand hat, muß er damit anfangen, seinen natürlichen Hang zum Kritisieren und Nörgeln zu zügeln, wenn er ihn nicht überhaupt über Bord wirft. Diese Frau kritisieren heißt auf jeden Fall, Schwierigkeiten heraufbeschwören. Ihr Löwe-Stolz erschwert es ihr mehr, als er je verstehen wird (oder sie es zeigen wird), auch nur die leiseste Kritik zu ertragen. Man möchte meinen, sie wäre leichter von dem Mann zu ertragen, der sie liebt. Aber mit der Löwe-Frau ist das nun mal anders. Es verletzt sie sogar noch mehr, wenn der Mann, den sie liebt ihre Person kritisiert – mehr, als wenn andere es mißbilligen. Die einzige Möglichkeit, die Löwin zu ändern, liegt in zarten Andeutungen, wobei äußerster Takt zu empfehlen ist, niemals jedoch in direkter Kritik und sicherlich auch nicht im Herumnörgeln. Sie muß die Illusion behalten dürfen, mehr oder weniger über jeden Vorwurf erhaben zu sein. Daß er seine kritischen Instinkte total unterdrücken soll, wird einen Jungfrau-Mann anfangs maßlos enttäuschen, aber er wird entweder den Dreh herausbekommen oder sich ins Unvermeidliche fügen müssen: daß die Löwin, die er eingefangen, aus dem sie beengenden Käfig seines Kritisierens ausbrechen wird, um wieder frei umherzustreifen. Obgleich es einem Jungfrau-Mann niemals leichtfallen wird, Komplimente zu machen, muß er doch lernen, den Wunsch der Löwe-Frau nach Verehrung und Bewunderung zu stillen. Ein oder zwei zärtliche Worte, im richtigen Moment ausgesprochen, werden ihre kraftvolle, strahlende Persönlichkeit zu voller Entfaltung bringen. Die Löwin hat einen edlen Charakter, und wenn ihre von der Sonne regierten Eigenschaften gestärkt und nicht begraben werden unter der Last eines erdgebundenen Jungfrau-Konservatismus, dann kann sie für alle um sie herum, und in jeder Beziehung eine Quelle von Hoffnung und Glückseligkeit sein. Träge und nachlässig wird sie nur, wenn sie sich langweilt und nicht genügend gewürdigt wird.

Es versteht sich von selbst, daß sie ihrerseits von ihrem Thron herabsteigen und ihm auf halbem Wege entgegenkommen muß. Wenn sie sich genügend Mühe gibt und versucht, seine Gedankengänge zu verstehen – wie sehr er sich verpflichtet fühlt, für jedes größere oder kleinere Problem, das ihm begegnet, eine Lösung zu finden, weil er glaubt, daß, wenn nicht alles perfekt und vollkommen ist, seine Welt auseinanderbricht –, dann wird ihr großmütiges Herz eine Möglichkeit ausfindig machen, viele seiner Schwierigkeiten aus dem Weg zu räumen.

Wenn keine geistige und gefühlsmäßige Übereinstimmung zwischen ihnen herrscht, dann dürfen sie auch von ihrer sexuellen Vereinigung nicht erwarten, daß sie ist, wie sie sein sollte (und könnte). Es mag Zeiten geben, da sein Liebeswerben zu kalt und zu mechanisch für ihre mehr spontanen Wünsche ist; dann wird ihr offenkundiges Mißfallen seine Demütigung und seine Entmutigung noch steigern. Ihre eisige Zurückhaltung kann in sexueller Hinsicht sehr niederdrückend sein, und sein verhaltenes Kritisieren ist ebenfalls nicht gerade ein wirksames Aphrodisiakum. Er muß sich mehr Freiheit und Begeisterungsfähigkeit in seiner sexuellen Ausdrucksform gestatten, um zu erkennen, daß Lieben ein gleichzeitiges Geben und Nehmen bedeutet, ohne die Angst, zurückgewiesen zu werden, nicht einfach ein behutsames, einseitiges Auslösen von Gefühlen. Sie muß erkennen, daß Leidenschaft sich bisweilen auch ganz still und ruhig äußern kann.

Da sie unter dem Einfluß der 2:12-Kombination stehen, kann er in gewisser Weise entweder eine materielle oder aber eine emotionelle Sicherheit für sie darstellen, während sie fühlt: da sind noch eine Menge Glückslektionen bei diesem intelligenten, gewissenhaften Mann zu lernen. Und er ist sicher, immer verständnisvoller gegenüber ihrem unbändigen, impulsiven Temperament werden zu können, wenn ihre Vertrautheit weiter wächst. Ist sie geduldig genug, wird sie feststellen, daß er insgeheim stolz ist auf ihre Schönheit und ihre Fähigkeiten. Die Liebe zwischen Löwe und Jungfrau gleicht einer Flamme, die anfangs zögernd brennt, aber heller und heller von Jahr zu Jahr, wenn sie sorgsam gehütet und abgeschirmt wird gegen die rauhen Winde der Selbstsucht.

Löwe-Mann – Jungfrau-Frau

Das erste, was geschieht, wenn sich Löwe-Mann und Jungfrau-Frau begegnen, ist, daß er von dem mächtigen Bedürfnis ergriffen wird, diese anmutige, zierliche Dame mit seiner großen Kraft und seinem liebenden Herzen gegen alle Widerwärtigkeiten und Gemeinheiten des Lebens zu schützen. Das zweite, was er nach einer gewissen Zeit empfinden wird, ist ein unbestimmtes Gefühl von körperlichem Unbehagen. Er wird, wenn er in den Spiegel blickt, nicht eben erfreut feststellen, daß er eigentlich seine Haare schneiden lassen müßte. Nach und nach schleicht sich in sein Bewußtsein auch der leicht unangenehme Verdacht, daß womöglich sein Wortschatz durchaus nicht die Vollkommenheit aufweist, wie er bisher immer angenommen hatte, und so wird er in gelegentliches Schweigen verfallen.

Nicht, daß sie irgend etwas dahingehend geäußert hätte. Sie ist zu höflich, ihn wörtlich oder direkt zu kritisieren (zumindest nicht, bevor sie ihn nicht besser kennt), aber die Art und Weise, wie sie ihn ansieht, dieser kühle Glanz in ihren schönen, klaren Augen, diese leise Spur von Mißfallen. Nicht direkt Widerwillen, jedenfalls zu viel schon für seine Eitelkeit.

Wenn sie behutsam genug ist, nicht zu übertreiben, wird ihre Strategie beim Löwen Wunder wirken. Der Löwe wird sie dafür verehren, daß sie ihn ihrer Verehrung für würdig erachtet, ohne zu ahnen, daß sie insgeheim die allmählichen Veränderungen seines Lebensstils bewirkt. Einen Löwen dazu zu bringen, sich selbst zu vervollkommnen, und in diesem Prozeß seine Selbstachtung nicht zu zerstören, sondern im Gegenteil, sie zu steigern – das ist zweifelsohne eine seltene und höchst verdienstvolle Aufgabe, für die man der Jungfrau Anerkennung zollen sollte. Aber sollte sie durch ihren offensichtlichen Erfolg dazu verführt werden, nun schwerwiegende Kritik vorzubringen, so wird sie die Grenzen des für ihn Tragbaren überschreiten. Es ist eine sehr schwer zu bestimmende Grenze, aber da Jungfrauen von Natur aus vorsichtig und feinfühlig sind, wird sie merken, wenn sie sie überschritten hat, und wohl soviel gesunden Menschenverstand besitzen, sich zurückzuziehen und die Klugheit aufzubringen, ihn für all jene wundervollen Veränderungen zu loben, die nur er selbst bewirkt hat.

Ja, es ist auch umwerfend: fähig zu sein, das, was so leicht eine Herabminderung des gewaltigen Löwe-Ichs bedeuten könnte, einfach anders auszulegen und ihm zu sagen, wie stark und liebenswert er ist. Jungfrau-Dame, Sie sind umwerfend! Aber bitte, verderben Sie jetzt nicht alles. Zügeln Sie Ihre Kritiksucht, da sie ihn mehr oder weniger nach ihrem Bilde von männlicher Vollkommenheit geformt haben. Lassen Sie ihm einige Fehler – so wird er menschlich bleiben. Andernfalls wird er bald dahinter kommen, was Sie getan haben. Besser, Sie lassen ihn hie und da einen Fehler machen, ihn gelegentlich ein buntes Sporthemd tragen und ihn sein Bankguthaben überschätzen – besser, Sie lächeln, wenn er beim Erzählen allzuweit ausholt, besser, Sie lassen ihn in dem Glauben, er sei ein so guter Autofahrer, wie er vorgibt, und erinnern Sie ihn nicht daran, daß er bisweilen die falsche Ausfahrt nimmt, wenn er nach der Karte fährt. Was können Sie dadurch gewinnen? Nichts. Gar nichts. Aber Sie können eine Menge verlieren. Ihn zum Beispiel.

Obwohl die Jungfrau dazu neigt, anderen gegenüber superkritisch zu sein – und meist geradezu grausam kritisch gegen sich selbst –, ermöglicht ihr der Einfluß der 2:12-Sonnenzeichen-Kombination, diesem Mann gegenüber ausnehmend zurückhaltend und tolerant zu sein.

Der Löwe will seinen Kopf durchsetzen. Sie mag zarte Hinweise geben, und manchmal wird er sich gestatten, sich von ihren Hinweisen beeinflussen zu lassen, aber nur, wenn es ihm beliebt. Die Entscheidung muß er treffen können. Er ist die unbestrittene Autorität, er muß das letzte Wort bei allen größeren Entscheidungen und Fragen haben. Das Schöne ist, daß er, weil sie sich die meiste Zeit so höflich und willfährig den Vorzügen Seiner Königlichen Hoheit unterwirft, sich frei fühlt, sie huldvoll mit der ganzen innigen Heiterkeit seiner Löwe-Natur zu belohnen und diese höfliche, intelligente Frau mit äußerstem Wohlwollen behandelt. Stärker als irgend jemand sonst wird sie den wahren Edelmut und die Großzügigkeit des Löwen erfahren, und deshalb wird auch ihre augenfällige Verehrung nicht Verstellung sein, sondern von Herzen kommen.

Jeder Löwe ist »in die Liebe verliebt« – ein Umstand, der den typischen Löwen zu einem unübertroffenen Liebhaber macht. Er ist unleugbar sinnlich, doch gleichzeitig auch gefühlvoll. So erotisch seine Wünsche oft sein mögen, so umschließt seine Liebe immer Ehrlichkeit und Ursprünglichkeit, was es der Jungfrau möglich macht, ihm so sehr zu vertrauen, daß sie sich in seinen Armen wirklich entspannen und mehr von sich geben kann, als normalerweise in ihrer Natur liegt. Der Löwe besitzt beides: einen offenen Verstand und ein offenes Herz (wenn sein Selbstvertrauen gestärkt wird), und eben das macht Löwen so liebenswert und anziehend (und deshalb vergibt man ihnen auch leicht ihren sonst unausstehlichen Stolz und ihre Hochmütigkeit). Andererseits weckt die rührende Einfachheit ihres sexuellen Verhaltens in ihm die beste Seite seiner Liebesfähigkeiten, die ganz erstaunlich sind. Was ihre physische Harmonie allerdings stören könnte, ist die immer vorhandene Möglichkeit, daß sie einen falschen Augenblick wählt, um sich mit ihm über (für ihn) unwichtige Dinge zu unterhalten.

Die Jungfrau-Frau wird höchst entzückt sein von der Fähigkeit ihres Löwe-Mannes, alles, was kaputtgegangen ist, zu reparieren, und von der Tatsache, daß er für gewöhnlich immer präsent ist, wenn etwas seine Aufmerksamkeit verlangt, sie mit eingeschlossen. Ebenso wie er entzückt ist von ihrer Genauigkeit, ihrer eleganten Erscheinung und dem kühl-reservierten Verhalten, das sie allen Leuten gegenüber und zu jeder Zeit an den Tag legt. Löwen lieben es nun einmal, ihre Damen (und ihre Vorzüge) voller Stolz vorzuzeigen. Der Löwe wird sich besonders mit ihrem scharfen Verstand brüsten. Viele Löwe-Männer neigen dazu, Frauen zu heiraten, die ihnen geistig weder überlegen noch ebenbürtig sind, so daß sie an ihnen bewundernde Untertanen haben, die sie belehren, bilden und erziehen können. Aber der glücklichste Löwe ist der, dessen Freundin oder Frau eine geistige Herausforderung für ihn darstellt. Die Jungfrau-Frau wird ihm diese Herausforderung sein.

Die Löwe-Waage Beziehung

Bei Löwe und Waage spielt der Gegenstand der Unterhaltung keine wesentliche Rolle. Was immer das jeweilige Gesprächsthema sein mag, Sie können sicher sein, daß der Löwe, durchaus gutmütig übrigens, das letzte Wort dazu haben wird, während die Waage oft für beide Seiten zugleich Partei ergreift, um nur ja keine wesentlichen Fakten unberücksichtigt zu lassen. Der Löwe ist ein Feuer-, die Waage ein Luftzeichen. Zusammengenommen ergibt das eine ansehnliche Zahl von lauen bis hitzigen Gesprächen zwischen den beiden.

Der Löwe erwartet, daß seine Äußerungen mehr oder weniger uneingeschränkt gebilligt werden, wenn nicht sogar höchste Bewunderung hervorrufen. Und die Waage liebt es, jeden Vorschlag ins Feld zu führen, der auch nur die leiseste Chance hat, in die engere Wahl zu kommen. Aber die Wahl ist schon getroffen, noch ehe der Löwe etwas geäußert hat. Die Waage hat es jedenfalls nicht bemerkt. Wie kann jemand eine intelligente Wahl zwischen zwei möglichen Handlungen treffen, ohne vorher pro und kontra gründlich durchdiskutiert zu haben? Der Haken bei der ganzen Sache ist, daß dieses »gründlich« bei der Waage ziemlich viel Zeit in Anspruch nehmen kann. Der Löwe sollte darüber nicht verdrießlich werden, auch nicht ungeduldig. Diese Unschlüssigkeit ist für die Waage viel peinigender als für jene, die sich am prüfenden Abwägen der Waage beteiligen müssen und dazu ihren gesunden Menschenverstand mitbringen.

Der Löwe muß lernen, daß die Waage mit »Diskussionen«

keine dramatischen Szenen oder Wutausbrüche meint. Die sind ihr unsympathisch. Sie verhindern eine ausgeglichene Verbindung und zerstören jede Möglichkeit einer Harmonie. Da Harmonie, Ausgeglichenheit und Frieden für jeden Waage-Mann, jede Waage-Frau und jedes Waage-Kind drei unabdingbare Voraussetzungen sind, muß man sich einfach klarmachen, daß sie all ihre Argumente wahrhaftig nicht mit dem Ziel zu streiten vorbringen, sondern nur, um die Luft zu reinigen und jedermann dazu zu bringen, das Resultat unparteiisch zu betrachten – in logischem Sinne. Verstehen Sie? Der Löwe versteht das nicht immer, aber doch vielleicht häufiger als die meisten anderen Leute.

Da dies eine 3:11-Sonnenzeichen-Kombination ist, wird es ungewöhnlich viele Verständigungsmöglichkeiten, auf den verschiedensten Ebenen, zwischen Löwe und Waage geben, von der einen oder anderen Seite aus, gewöhnlich von beiden zugleich. Freundschaften, in einer wahrhaft ursprünglichen Form, verwirklichen Löwe und Waage weitaus leichter als viele andere Sonnenzeichen. Die Zeichen Löwe und Waage stehen im Sextil, weshalb das Leben sie mit unendlich vielen gemeinsamen Möglichkeiten beschenken wird, in jedem gewünschten Bereich, privat oder anderweitig.

Ihre Elemente sind Luft und Feuer, und wenn das erstere das zweite in eine hellere Fackel verwandelt, gewinnen beide davon. Mißverständliche Temperamentsausbrüche des Löwen jedoch können die Waage eventuell veranlassen, sich auf und davon zu machen. Disharmonien jeder Art bringen die Waage aus dem Gleichgewicht und lassen sie in einem Zustand der Depression zurück – ein Gefühl, das diesem normalerweise optimistischen und fröhlichen Sonnenzeichen fremd ist. Der Löwe ist warmherzig und großmütig, die Waage fair und unvoreingenommen. Wenn sie diese Charakteristika vereinen, werden nur wenige Benachteiligte weiterhin benachteiligt werden, nur wenige »hoffnungslose Fälle« hoffnungslos bleiben. Wenn irgend jemand eine Niederlage in einen Sieg des offensichtlichen Verlierers verwandeln kann, dann Löwe und Waage. Sehr gut, sie auf seiner Seite zu haben, wenn alles in die Brüche gegangen ist. Es ist für den Löwen ebenso schwierig »ja« zu sagen, wie für die Waage »nein« – das ist einer der Gründe, weshalb sie so gut miteinander auskommen.

Die stolze Löwe-Persönlichkeit wird normalerweise nein anstatt ja sagen, wenn ihr dies oder jenes zu tun befohlen wird. Könige und Königinnen sind dazu da, Befehle zu geben, nicht ihnen zu gehorchen. Die Waage besitzt einen sicheren Instinkt dafür, wie das Löwe-Ich zu behandeln ist, und kann daher sein Brüllen in Schnurren verwandeln – ganz einfach dadurch, daß sie einen Befehl in Form einer Bitte vorzubringen versteht. Man nennt das auch schmeicheln. Waage-Menschen befehlen in den seltensten Fällen. Sie schmeicheln, überreden, machen Vorschläge – und das so vorsichtig und geschickt, daß der Löwe niemals auf die Idee kommt, genau dahin manipuliert worden zu sein, wo die Waage ihn haben will.

Da Waage-Menschen die Spannungen verabscheuen, welche durch ein schwaches Nein zu den königlichen Befehlen eines Löwen verursacht würden, fügen sie sich viel lieber mit einem anmutigen Ja, als einen Streit heraufzubeschwören, was dem Löwen äußerst angenehm ist. Doch erinnern Sie sich, daß die List der Waage vorzutäuschen, überhaupt nicht maßgebend zu sein, während doch gerade sie die Sache manipuliert, und die Waage-Taktik, viel öfter mit einem lieblichen Ja als mit einem ärgerlichen Nein zu antworten, die Waage nicht hindern werden, ihr angeborenes Recht zu diskutieren zumindest für eine kurze Weile auszuüben – bevor sie dann schließlich nachgibt. Der Löwe wird durch diese sehr feine Strategie öfter hereingelegt und merkt sehr selten, daß er genau dahin manövriert wird, wo die Waage ihn (mittels der Kunst des Schmeichelns und der Venus-Begabung, die menschliche Natur genau auszuloten) haben will.

Löwe und Waage stehen unter dem Einfluß von männlichen, positiven Tageskräften, so daß man sie viel häufiger Licht und Sonnenschein verbreiten, als schwermütig ins Dunkel starren sieht. Bis zu einem gewissen Grad fühlt jeder Löwe den Wunsch, die Schwachen und Hilflosen zu beschützen, und bis zu einem gewissen Grad hat jede Waage das zwingende Verlangen nach Gerechtigkeit. Diese eng zusammengehörenden Ziele bilden die Grundlage für ihre gute Verbindung. Auch teilen sie ein tiefes Bedürfnis nach kreativem Ausdruck, vornehmlich auf künstlerischem Gebiet.

Obgleich immer die Möglichkeit besteht, daß der Stolz und die Überheblichkeit des Löwen, zusammen mit seiner Stärke und seinem Führungsanspruch, für die sanftere, höflichere, von Venus regierte Waage einfach zuviel werden, so kann doch die ungewöhnliche Fähigkeit des Löwen, den latenten Enthusiasmus von anderen zu wecken, in dieser Verbindung mehr als ausgleichend wirken. Die Waage sollte sich daher immer dazu anhalten, dem Löwe-Mann, der Löwe-Frau, eine adäquate Menge an Respekt und Bewunderung zu zollen. Keine leichte Aufgabe. Jedoch kann die Waage all ihren Venus-Charme aufbringen, sie zu erfüllen. Niemand kann ein vollendeteres Kompliment machen als die Waage und niemand kann dies mit offenkundigerer Freude entgegennehmen als der Löwe.

Die Waage-Menschen beten alles Schöne an, die Löwen bevorzugen das Größte und Beste, und so können sie zusammen mehr als nur ein bißchen extravagant sein, wenn nicht einer von ihnen oder beide den Mond in einem sparsameren Zeichen hat, wie etwa Stier, Steinbock, Jungfrau oder Krebs. Mit beiden Monden in Feuer- oder Luftzeichen, ihren Sonnen gleich, können diese beiden ziemlich leichtfertig mit Geld um sich werfen und zu Luxus neigen. Und während sie mit dem Geld um sich werfen, mag es höchstens zu Auseinandersetzungen kommen, wofür es hinauszuwerfen sei.

Kein Zweifel, Sonne und Venus stehen in planetarer Harmonie. Beinahe alle ihre guten Eigenschaften und Charakterzüge passen vorzüglich zusammen. Sie sind beide künstlerisch und gefühlvoll veranlagt, lieben beide Komplimente und Aufregungen. Der Löwe fordert mehr oder weniger Glück von Liebe und Leben – die Waage erwartet es mehr oder minder als naturgegeben. Da ist entschieden ein Unterschied zwischen »fordern« und »erwarten«. Kein großer, aber ein Unterschied. Wenn der Löwe zu oft brüllt, auf seinem Recht beharrend, noch und noch zu nehmen, mag die Waage sich eventuell gezwungen fühlen, den Löwen daran zu erinnern, daß es immer zwei Seiten gibt, man nicht nur fordern, sondern auch geben muß. Schockiert wird der Löwe vielleicht einen Augenblick lammfromm zuhören, Abbitte tun und sich zu bessern versprechen. Kein anderes Sonnenzeichen vermag den Löwen so zu beeinflussen wie die Waage.

Löwe-Frau – Waage-Mann

Löwe-Frau und Waage-Mann werden herausfinden, daß ihre Verbindung viel eher Vollkommenheit erreicht, wenn sie häufiger zusammen zu Hause bleiben, anstatt auszugehen. So harmonisch ihre Charaktere auch veranlagt sein mögen – zu viele Parties können den Grundstein für alles mögliche legen, von Reibereien angefangen bis zu Wutanfällen. Die meisten Waage-Männer lassen sich liebend gern auf die verschiedensten Unternehmungen ein.

Auch die Löwin wird selten eine Einladung gesellschaftlichen Charakters ausschlagen. Sie liebt nichts mehr als Bewunderung und Aufregung, zu gleichen Teilen; jede größere oder mittlere Ansammlung von Leuten entzückt sie. Je mehr Gäste, um so mehr mögliche Komplimente. Jeder Waage-Mann hat etwas von einem Playboy an sich, jede Löwe-Frau etwas von einem Playgirl.

Nur – zu viele Parties erhöhen das Risiko, die unterschwelligen Disharmonien ihrer Sonnenzeichen-Beziehung zu verstärken und zum Ausbruch zu bringen. Ihre Eifersucht – seine Anziehungskraft auf Frauen. Übrigens wird eine Löwe-Frau nicht so mir nichts, dir nichts eifersüchtig. Da muß es schon Gründe geben. Dieser Mann wird ihr jedenfalls genügend viele liefern.

Irgend etwas an ihm scheint jede Frau zu veranlassen, sich wie Kleopatra zu fühlen. Sein reifer Charme hat eine eigenartig romantische Ausstrahlung auf das weibliche Geschlecht. Andererseits gibt es da das Problem mit den Männern, die sie bewundernd umlagern, wenn sie gemeinsam ausgehen. Keine Frage, sie ermutigt die Männer mit ihren Blicken und ihrem anmutigen Auftreten. Aber noch einmal: Eifersucht ist gefährlich. Nicht die Eifersucht ihres Waage-Mannes auf ihre Beliebtheit – das Fehlen jeder Eifersucht, das empört sie.

Die meisten Waage-Männer halten es für unfair, eifersüchtig zu sein. Sie sehen beide Seiten. Was für ein Recht hat er (so überlegt er), sie wegen ihrer harmlosen Flirts auf Parties zu kritisieren, wenn alle Frauen das Herz höher schlägt, sobald er nur einen Raum betritt? Diese Art von Toleranz will seiner Löwe-Frau aber gar nicht gefallen, weil ihr eine kleine, gesunde Eifersucht einfach schmeichelt. Natürlich gibt es Augenblicke, in denen der Waage-Mann nicht so gleichgültig ist und seine normalerweise heitere Veranlagung umschlägt. Dann kann er über die Aufmerksamkeiten anderer Männer sogar so wütend werden, daß er zuschlägt – aber diese Fälle sind Ausnahmen, nicht die Regel.

Glücklicherweise hat dieser Mann ein Heilmittel für all diese kleineren Übel, die sich aus ihrem Zusammensein ergeben. Seine Fähigkeit als Friedensstifter ist unübertroffen, sogar wenn der Streit, den er zu schlichten hat, ein Streit mit seiner eigenen Frau ist. Irgendwie wird er sich etwas Rührendes ausdenken: etwas Gefühlvolles sagen, seiner Leidenschaft Ausdruck geben oder etwas herrlich Verrücktes und Wundervolles tun. Und er wird es so liebevoll ausführen, es so einschmeichelnd vorbringen, daß die gekränkte Löwin die Kränkung vergessen und hinschmelzen wird – in seinen Armen. Und so erringt Liebe einen weiteren Sieg. Eigentlich hätten wir das längst voraussagen können. Denn dies ist eine 2:12-Sonnenzeichen-Kombination mit vereinzelten Tendenzen zum Streit, aber weitaus mehr Möglichkeiten, Fehler wiedergutzumachen.

Ein Waage-Mann kann wegen seiner Löwe-Frau, die er liebt, in Verlegenheit geraten. Ihre Ansichten sind einfach immer weniger vorurteilslos, aber auch entschiedener als seine. Sie weiß, woran sie glaubt, hat keine Schwierigkeiten, ihre Ansichten eindeutig zu formulieren, und ärgert sich, wenn ihr Waage-Liebhaber ihr klarzumachen versucht, daß alle Dinge – letzten Endes – gleichwertig sind.

Der Waage-Mann macht seiner Löwe-Frau sehr wahrscheinlich gelegentlich Geschenke, wodurch sie sich sehr geehrt und angemessen verehrt fühlt. Dies ist für eine Löwin wirklich wichtig. Sie liebt einfach Geschenke. Seiner Frau das Gefühl zu geben, verehrt zu werden, dazu ist der Waage-Mann hinreißend oft und intensiv fähig. Und deshalb kann die physische

Vereinigung zwischen ihnen von beträchtlich mehr als zufriedenstellender bis zu berauschender Harmonie reichen. Wenn sie sich begehrt und verehrt fühlt, ist sie zu einer wilden-wollüstigen Leidenschaft fähig, und ein Waage-Mann wird einfach hingerissen sein von einer Frau, die zu lieben liebt.

Dieser von Venus regierte Mann weiß, daß er ihre reichen Gefühle zu entfesseln vermag, wenn er ihr verspricht, ihr die Sterne vom Himmel zu holen. Sie wird ihre Zurückhaltung ihm gegenüber viel eher aufgeben als den meisten anderen Männern gegenüber; deshalb werden ihre sexuellen Begegnungen ihnen eine warme und wundervolle Nähe vermitteln. Sogar ihre »Erörterungen« erhöhen noch den Zauber ihrer Liebe. Aber er sollte seinen Gedanken verbieten, abwesend herumzuschweifen, während er sie liebt, und seinen Augen nicht jenen träumerisch fernen Blick erlauben, oft in der allergrößten Leidenschaft – in einem Moment, da sie wissen muß, daß er ganz auf sie konzentriert ist, nur auf sie. Wenn nicht, braucht er sich über ihren unerwarteten, ärgerlichen Befehl nicht zu wundern, mit seinen träumerischen Gedanken gefälligst allein zu schlafen, während sie sich zurückzieht. Sie hat keine Lust, in seinen Tagträumen die zweite Geige zu spielen – und schon gar nicht in seinen Nachtträumen. Und auch nicht in seiner Karriere. Sie ist Nummer Eins. Es würde sehr von Vorteil für ihn sein, sich dessen immer zu erinnern.

Löwe-Mann – Waage-Frau

Sie kann so anmutige Komplimente machen. Sie kann aber auch tonangebend und dominierend sein, in einer verhaltenen, sehr feinen Art. Der Löwe wird ihre Komplimente gern entgegennehmen, aber er wird seine Mähne schütteln und ihr einen gekränkten Blick zuwerfen, wenn sie ihm zu drastisch mit ihren der Venus eigenen Spitzfindigkeiten kommt. Im Klartext heißt das: wenn sie versucht, ihn zu dirigieren, und ihm sagt, sie wüßte, was das beste für ihn sei, und ihn die Dinge klar und logisch zu sehen lehren möchte – was oft bedeutet: mit ihren Augen zu sehen.

Er liebt es, die Dinge auf seine Weise zu tun. Er wird ihr das erst zart beizubringen versuchen – dann energisch. Sie wird vorgeben, es verstanden zu haben, aber ihre Zurückhaltung ist nur Fassade: sie wird nie nachgeben und niemals überzeugt sein, daß er alles weiß. Denn sie ist überzeugt, auch zu wissen, was richtig ist, zumindest in der Hälfte der Fälle zu wissen. Sie ist in einem kardinalen Luft-, er in einem festen Feuerzeichen geboren. Und so wird letztlich die Frage, wer das Sagen hat, unentschieden bleiben.

Die Waage-Frau verdankt ihren Charme, ihre weiche Stimme, ihre geschmeidige Figur – einfach ihre angenehme Erscheinung (auch ihr anmutiges Auftreten) der Herrschaft der Venus.

Die Herrschaft der Sonne über den Löwe-Mann ist die Quelle seines Stolzes wie auch seiner Leidenschaft, seiner Großmütigkeit, Herzlichkeit und Wohltätigkeit. Die Sonne besitzt den mächtigsten Einfluß in einem System, das nach ihr benannt ist – dem Sonnensystem. Seinem männlichen Sonnenzeichen verdankt er seinen Mut und sein betont männliches Auftreten. Das Symbol des Löwen ist verantwortlich für seine Sensibilität, sein Gefühl der Überlegenheit wie auch seine königliche Arroganz. Das alles resultiert in seiner Schwäche, für das kleinste Kompliment empfänglich zu sein. Aber es macht ihn auch zu einem überwältigenden Liebhaber. Venus bewirkt dasselbe bei der Waage. Sie sind beide ungewöhnlich gefühlvoll und zeigen überschwenglich und offen, was sie beide füreinander empfinden.

In der emanzipierten Gesellschaft von heute werden, speziell wenn Löwe und Waage heiraten, sehr wahrscheinlich beide arbeiten. (Sogar Waage-Frauen des Viktorianischen Zeitalters schafften es, sich noch außerhalb des Bereiches Haus-Ehemann-Kinder zu betätigen.) Ob nun die Bereiche, die sie anziehen, Jura oder Architektur sind, das Theater, die Journalistik oder die Wirtschaft, sie streben jedenfalls beide Unabhängigkeit oder zumindest eine gewisse Autorität über andere Menschen an, wobei das erstere bevorzugt wird.

Zu wirklich ernsthaften Auseinandersetzungen bezüglich Geld wird es zwischen ihnen nicht kommen. Grundsätzlich betrachten sie Geld mit ungefähr derselben Einstellung. Es ermöglicht, Schönes und Angenehmes anzuschaffen, das sie beide lieben und brauchen. Er wird vielleicht ein wenig sparsamer sein als sie, nicht mit Geld, sondern was ihre Wünsche betrifft. Das spielt sich so ab: Handelt es sich um etwas, was sie gerne möchte, dann ist das unnötige Verschwendung. »Wir brauchen einfach keine antiken Messingleuchter, Liebling. Abgesehen davon sind sie zu teuer.«

Handelt es sich um etwas, was er will, dann ist es – egal, was es kostet – »praktisch« und natürlich eine »Geldanlage auf Dauer«. Eine andere Frau würde in Tränen ausbrechen und verärgert sein über solch ein fortwährendes egoistisches Verhalten. Die Waage-Frau wird vielleicht, wenn ihr der Geduldsfaden reißt, einmal explodieren, aber normalerweise wird sie einfach freundlich lächeln, ihm liebenswürdig zustimmen und Frieden bewahren. Später wird sie dann allein in den gewissen Laden zurückgehen und die Messingleuchter kaufen. Er wird sie übrigens nicht gleich zu sehen bekommen. Es wird ein bezaubernder Abend sein, wenn ihre Gäste, die im Kerzenlicht erstrahlenden Kerzenleuchter bewundern. Dann wird er sie bemerken. Strahlend wird er sagen: »Ihr vorzüglicher Geschmack ist nur einer der Gründe, warum ich mich in sie verliebt habe.« Sie lächelt.

Die Waage-Frau ist eine intelligente und faire Gefährtin für den Löwen, und ihr Harmoniestreben ist für ihn das wichtigste Attribut seiner Frau. Sie weiß irgendwie immer, ihn bei Laune zu halten. Sie ist eine enorm ausgeglichene Frau – es sei denn, sie ist aufgebracht, dann kann sie völlig unvernünftig werden. Nichtsdestotrotz ist sie sehr für die Ehe geeignet. Ja, Waagen haben so sehr das Bedürfnis zu heiraten, daß sie oft eine Ehe mit dem falschen Partner eingehen. Aber Übung macht den Meister.

Eine Waage-Frau braucht sehr viel Romantik in ihrer Liebe, und der Löwe kann sie ihr geben, wenn er will. Seine schmachtende Sinnlichkeit antwortet ihrem Bedürfnis nach sinnlicher Leidenschaft aufgrund der unveränderlichen kosmischen Verträglichkeit von Sonne und Venus. Sie ist eine einfühlsame, verständnisvolle Gefährtin für den impulsiven Löwen, der seine feurigen Wünsche schon vorausahnen kann. Die kann sie ebenfalls erfüllen. Wenn zwei Menschen sich lieben, werden dieselben Charaktereigenschaften, die auf anderen Ebenen ihrer Verbindung Differenzen verursachen, in den sexuellen Bereich hinübergetragen, wenngleich sie hier verhüllter, abstrakter erscheinen mögen. Wenn sie ihn braucht, in einer Nacht, da er besonders müde ist, physisch müde, ist sie sexuell fordernd und nimmt keine Rücksicht auf seine Müdigkeit. Wenn er sie braucht, in einer Nacht, da *sie* besonders müde ist, dann ist es eine ganz normale und gesunde Reaktion; außerdem können sie beide danach besser schlafen und sind am nächsten Morgen viel ausgeruhter. Normalerweise aber ist ihre sexuelle Beziehung sehr ausgewogen, und ihre Vereinigung kann eine zauberhafte Erfahrung für beide sein.

Löwe-Männer sind immer treuer, herzlicher und entspannter – nach der Heirat. Sie brauchen ein Schloß, sie brauchen jemanden zum Beschützen und die Sicherheit, daß dieser Jemand es nur zu gern hat, dort jede Nacht erwartet zu werden. Waage-Frauen sind magisch angezogen von der gegenseitigen Ergänzung in einer Partnerschaft, und so ist Heiraten einfach gut für diese beiden Liebenden. Sehr gut. Es wird nicht langweilig werden, und das ist immer ein Plus. Es erhält die Liebe lebendig. Es gibt Zeiten, da sie jeden Unsinn mit wundervoller Ruhe hinnimmt. Und andere Zeiten, da geht sie sofort in die Luft oder fängt wegen einer Kleinigkeit zu streiten an. Keine Aufregung. Er wird sie liebevoll aus ihrer unguten Stimmung herausholen – auf seine betörende, warme Löwenart, bis sie wieder strahlend lacht und sie wieder so glücklich sein können wie vorher.

Ein Mann und eine Frau können unvorstellbar apathisch werden, wenn sie sich nur sexuell verstehen. Aber diese beiden werden miteinander nie langweilig werden. Sie haben immer genug Gesprächsstoff. Sie wird natürlich besonders dankbar sein für all die guten Ratschläge, die ihr Löwe ihr geben kann, und sie wird ihm das auch zeigen. Andererseits wird er, obwohl sie ihr ganzes Leben damit zubringt, ihn zu erziehen, überhaupt nicht – und das ist das Schönste dabei – merken, wenn sie das tut. Es ist von Übel, wenn ein Mann weiß, wieviel er von seiner Frau lernen kann – ganz besonders, wenn er ein König ist.

Die Löwe-Skorpion Beziehung

Beide sind in einem festen Zeichen geboren und haben das geheime Verlangen zu herrschen. Halt – beim Skorpion ist es ein geheimes Verlangen, beim Löwen ein mehr oder minder offenkundiges – und wenn er nicht zu den Löwen zählt, die ihr natürliches Löwe-Ich unterdrücken (ein sehr ungesundes Verhalten übrigens).

Der Skorpion ist sensibel, und so wird er instinktiv fühlen, wenn des Löwen Stolz verletzt ist, und dann ungewöhnlich hilfs- und verteidigungsbereit sein – wenn ein Außenstehender den Löwen gekränkt hat. Hat aber der Skorpion selbst den Löwen verletzt, dann kann der Löwe sicher sein, daß jeder andere mehr Mitleid mit ihm haben würde. Wenn ein Skorpion wütend ist, dann ist er wütend, und es gibt nichts, was ihn umstimmen kann. Weggehen, bis alles vorbei ist, hilft auch nichts. Da Skorpione nicht zu denen gehören, die verzeihen, ist die einzige Möglichkeit, mit ihnen umzugehen und nicht verletzt zu werden: diese von Pluto regierten Menschen nicht zu oft und nicht zu weit zu treiben.

Unglücklicherweise wird der Löwe selten solchen Rat annehmen. Behutsam mit Skorpionen umzugehen ist etwas für Feiglinge. Der stolze und unerschrockene Löwe schlägt solche Warnungen in den Wind, und so wird er oft jede Vorsicht über Bord werfen und sich auf scharfe Auseinandersetzungen mit dem Skorpion einlassen.

Zwischen dem von der Sonne regierten Löwen und dem von Pluto regierten Skorpion gibt es nur eine »Alles-oder-nichts-Beziehung«. Weder der Skorpion noch der Löwe können »beiläufig« lieben. Sie werden entweder leidenschaftlich angezogen voneinander – oder sie ignorieren einander. Einen Mittelweg gibt es für sie nicht.

In den weniger glücklichen Löwe-Skorpion-Verbindungen mag die anfängliche Anziehungskraft nicht so lange dauern, wie beide zu Beginn ihrer Beziehung geglaubt haben. Die Entzauberung wird sehr bald einsetzen, falls einer von ihnen ein unverträgliches Mondzeichen hat. Der Standpunkt des Skorpions, sein »Ich habe immer recht«, wird, wenn auch unausgesprochen, den Löwen zuerst enttäuschen, dann langweilen. Überlegenheit braucht vom Skorpion gar nicht in Worten ausgedrückt zu werden. Ein intensiver, strenger Blick voll kühler Zuversicht kann diese Botschaft genügend klar verkünden. Die Verstimmung des Löwen mag merkwürdig anmuten, da er selbst doch ein (dem Skorpion) ebenbürtiger Experte in Sachen »Unfehlbarkeit« ist, sich immer im Recht wähnt, während alle anderen unrecht haben. Diese hochmütige »Ich-bin-derGrößte«-Einstellungen der beiden sind einander so ähnlich, daß man annehmen könnte, sie müßten toleranter gegeneinander sein, aber das stimmt eben nicht immer. In einer Beziehung kann nur eine Person *immer* im Recht sein, so denken die beiden.

Kein Skorpion ist bereit, die Ansichten eines Löwen zu akzeptieren, wenn er nicht voll und ganz von ihrer Unanfechtbarkeit überzeugt ist. Der Skorpion wird entweder auf der Stelle Einspruch erheben, indem er sich einfach plump weigert, die Ansichten des Löwen, da sie ihm aufgenötigt wurden, zu akzeptieren, oder einen anderen Weg finden, die entscheidende Frage zu umgehen. Niederträchtig. Zumindest würde der Löwe dieses Wort gebrauchen, um die Art und Weise zu beschreiben, wie der Skorpion den Befehlen seiner Majestät zu entgleiten, zu entschlüpfen, sich zu entwinden versucht. Der Löwe hat nichts Niederträchtiges an sich, sogar der Skorpion wird das zugeben. Was diese Könige und Königinnen fordern und wünschen, ist allen klargemacht worden. Nein, Löwen sind nicht niederträchtig – nur ein wenig herrschsüchtig. Und verwöhnt. Und gewöhnt, ihren Kopf durchzusetzen, schon seit frühester Kindheit. Doch sind sie so warmherzig und gefühlvoll, so großzügig und freundlich, trotz ihres stolzen Benehmens, daß sogar der normalerweise sehr vorsichtige Skorpion nicht gleich die Gefahr des »Überfahrenwerdens« – oder noch Schlimmeres – wittert. Andererseits sind Skorpione dermaßen begabt, so zu tun, als würden sie nachgeben, ohne in Wirklichkeit auch nur einen Zentimeter nachzugeben, daß es eine Weile dauern mag, bis der Löwe merkt, daß er der eigentlich Unterlegene ist.

Wird ein Löwe beleidigt, wird sich er entweder gekränkt zurückziehen oder brüllen. Das letztere verwirrt die zarte Seele des Skorpions, anfangs zumindest, er gibt scheinbar nach – aber wiederholen sich die dramatischen Auftritte unnötig häufig, dann wird der Löwe dafür vom Skorpion letztlich nur jenen schon erwähnten durchdringenden, kühlen, starren Blick ernten. Von einem Skorpion dermaßen durchbohrenden Blickes angesehen zu werden ist ähnlich angenehm wie auf glühenden Kohlen zu laufen.

Wenn diese beiden aber ihre persönlichen Rivalitäten ausschalten und ihre Bestrebungen auf abstrakte Ziele konzentrieren, können sie als kompakte Einheit wirken und ein starkes Bollwerk gegenüber jenen Außenstehenden sein, die versuchen, sie an der Verwirklichung ihrer Vorhaben zu hindern.

Aber wenn die impulsiven Ideale und genialen Einfälle des Löwen so oft verwässert werden, daß die strahlenden Träume des Löwen auseinanderfallen und zerbröckeln, dann wird der Skorpion aus dem Königreich vertrieben – oder der Löwe wird es selbst verlassen und sich ein anderes Schloß suchen, in dem er die einem König entsprechende Ehrerbietung erwarten kann. Es würde dem Löwen aber nicht schaden, seine Herrschsucht dem Skorpion gegenüber zu bändigen. Von keinem anderen Sonnenzeichen wird der Löwe eine solch innige Treue und Loyalität erfahren. Sie muß aber verdient werden. Es ist doch der Mühe wert, ab und zu seinen Stolz hinunterzuschlucken, um dann mit solcher Intensität verehrt zu werden, deren nur Pluto fähig ist.

Löwe-Frau – Skorpion-Mann

Das unergründliche Wesen eines Skorpion-Mannes wird letztlich unvermeidlich siegen und die flammende Verteidigung einer Löwin in jedem ernsthaften Konflikt zwischen ihnen auslöschen. Er ist in einem Wasserzeichen geboren, und Wasser ist das stärkste unter allen Elementen.

Zum ersten Mal streiten werden sie sich über Geld. Sie möchte es ausgeben und wirft es, obgleich sie überraschend sparsam damit umgehen kann, bisweilen für hinreißende Extravaganzen hinaus. Er kann ebenfalls rührend großzügig sein, gelegentlich jedenfalls, aber er wird ein finsteres Gesicht machen, wenn sie versucht, seine Ausgaben zu kontrollieren. Gleichzeitig wird er keinerlei Gewissensbisse haben, ihre Ausgaben zu kontrollieren, eine Widersprüchlichkeit des Charakters, die mehr als egoistisch und unglücklicherweise beiden zu eigen ist. Es ist ganz ungewöhnlich, daß eine Löwin sich Derartiges gefallen läßt, ohne nicht von Zeit zu Zeit aufzubrüllen.

Ein gemeinsames Bankkonto wird beinahe immer Streit zwischen diesen beiden verursachen. Sie wird freizügig Geld ausgeben, aber gereizt oder sogar unfreundlich reagieren, wenn er darüber klagt, daß das ganze Geld für den laufenden Monat schon wieder verbraucht ist. Ein Skorpion-Mann wird eine solche Situation für eine ungewöhnlich lange Zeitspanne hinnehmen. Dann wird er sich in bedrohliches Schweigen und steinernes Vorsichhinstarren zurückziehen – kaum eine Atmosphäre, in der Liebe gedeihen kann.

Harmonie können sie erreichen, indem sie getrennte Bankkonten führen, ohne jeweils Rechenschaft ablegen zu müssen, wer für was wieviel Geld ausgegeben hat – auch wenn ihr Bankkonto nur aufgrund eventueller großzügiger Spenden von seiner Seite aufrechterhalten werden kann. Das wird übrigens selten nötig sein, denn eine typische Löwin wird schon einiges Geld gespart haben, wenn sie ihren Skorpion zum ersten Mal trifft und sich in ihn verliebt. Neunzig Prozent aller Löwinnen sind Karrierefrauen. Sie mag für einige Zeit im Haushalt aufgehen, wenn sie glücklich verheiratet ist mit einem Mann, den sie verehrt, aber es wird nicht lange dauern, bis sie das starke Bedürfnis empfindet, sich nach Aufgaben außerhalb ihres Haushaltes umzusehen, um ihr Selbstgefühl zu steigern.

In sexueller Hinsicht kann die Beziehung zwischen Löwin und Skorpion heikel sein. Seine intensive und irgendwie geheimnisvolle Liebe wird zunächst ihre romantische Ader entzücken, doch nach einiger Zeit wird sie nach wörtlichen Erklärungen seiner Zuneigung verlangen, nach reicheren, einfühlsameren und realeren Beweisen seiner Zuneigung. Er wird ihre fremdartige Mischung von Distanziertheit und Feuer wahnsinnig aufregend finden und selten der ständigen, von ihr verkörperten Herausforderung, sie zu erobern, müde werden. Doch wird er zu oft von ihrer eisigen Würde zurückgestoßen, wird er die animalische Anziehungskraft, der sie zu Anfang verfallen war, verlieren; vielleicht wird er sie sogar bestrafen, indem er einschläft, während sie neben ihm liegt und sich leer und einsam fühlt. Die sexuelle Erfüllung zu verweigern, ist eine Art Rache, eine von den unfreundlichsten Vergeltungs- und Verteidigungsmethoden des Skorpions, wenn er beleidigt worden ist – selbst wenn er diese Methode vollkommen unbewußt anwendet.

Kummer und Leid werden sich einstellen, wenn jeder eigene Wege geht. Tiefe Unsicherheit verbirgt sich hinter der strahlenden, tapferen Persönlichkeit der Löwin. Sie kann zornig und ruhelos werden, wie eine eingesperrte Löwin im Zoo, wenn ihr Mann ihr das Recht abspricht, ein Individuum zu sein. So wie sein intensives Bedürfnis nach ihrer Heiterkeit, um sein Leben aufzuhellen, heftige Regungen von Eifersucht und Besitzanspruch auslösen kann. Er hat sich klarzumachen, daß sich diese Frau einfach dann und wann im Rampenlicht der Bewunderung sonnen *muß*, oder sonst vor Gram buchstäblich zugrunde geht. Wenn die sie bewundernden Freunde manchmal Männer sind, heißt das nicht, daß sie untreu ist, sondern nur auf ihrem königlichen Recht, verehrt zu werden, besteht. Der besitzergreifende Skorpion kann es nicht ertragen, daß andere Männer ihr den Hof machen, aber damit muß er rechnen, wenn er sie allein läßt. Die Löwin wird niemals damit zufrieden sein, am Herd zu stehen und Socken für ihren Mann zu stricken, nachts seine Leidenschaft zu befriedigen und ihn jeden Morgen zärtlich zu umsorgen, bevor es ihn hinaustreibt in die Welt.

Trotz ihrer Koketterien als junges Mädchen wird die Löwin königlich und treu zu ihrem Mann stehen, wenn sie einmal gezähmt ist – vorausgesetzt die Hand des Bändigers ist nicht zu streng. Und trotz seines Rufes (unter astrologisch Ungebildeten), vom Sex besessen zu sein, ist des Skorpions innerster und dringendster Wunsch, dessen Mysterien zu erfahren und ihn dann umzusetzen in die Reinheit einer geistigen Erkenntnis.

Löwe-Mann – Skorpion-Frau

Es ist das Selbstvertrauen des Löwen, sein so leicht und selbstverständlich zur Schau gestelltes Selbstvertrauen, was das Skorpion-Mädchen veranlaßt, sich von ihm bezaubern zu lassen. Auch sie besitzt Selbstvertrauen (wahrhaftig, erheblich mehr als er), aber sie ist unfähig, ihr Selbstvertrauen mit solchem Selbstvertrauen zu zeigen. Und so findet der weibliche Skorpion vieles am Löwen bewundernswert, ja verehrenswert. Im Gegensatz zu ihr hat er einen Weg entdeckt, die Umwelt wissen zu lassen, wie sicher er seiner in sich selbst ist, sogar wenn er sich gar nicht so sicher ist.

Er ist von ihr aus nahezu denselben Gründen angezogen. Sie ist sich der kühlen Gelassenheit und inneren Weisheit, die sie auf andere ausstrahlt – durch ihren durchdringenden, geheimnisvollen Blick –, überhaupt nicht bewußt. Die meisten, die dieser Blick trifft, ducken sich und schauen augenblicklich zur Seite, um auszuweichen. Nicht so der tapfere, standhafte Löwe. Ihr Blick fasziniert ihn. Manchmal meint er, in ihrem Blick rätselhafte Geheimnisse zu erfahren, Weisheiten, die nicht in Worte gefaßt werden können. Ein anderes Mal wieder fühlt er äußerste Gefahr, in den Sturm der aufgepeitschten Wellen gerissen zu werden, der sich in ihren Augen widerspiegelt, und für einen Löwen ist das nicht Spuk, sind das nicht irgendwelche Gespenster – nein, das alles existiert wirklich.

Sie beneidet ihn um seine Fähigkeit, solche Wärme auszustrahlen. Da sie in einem Wasserzeichen geboren ist, verwandelt sich, unabhängig davon, was sie sich eigentlich wünscht, die Wärme, die sie empfindet, ganz von selbst in eine gewisse zurückhaltende Kühle, und zwar gerade denen gegenüber, die sie am meisten liebt. Aber ein männlicher Löwe ist beherrscht von der feurigen Sonne, sogar wenn er wütend oder gekränkt ist. Sie versucht, nicht sehr erfolgreich, ihre Gefühle offener zu zeigen – und dann kommt dieser stürmische Mann daher und kann seinen Stolz und seine Nachteile so ohne jegliche Anstrengung und so anmutig darstellen. Sogar sein Gang ist geschmeidig – voll unmißverständlicher königlicher Würde. Kein Wunder, daß sie sich leidenschaftlich in ihn verliebt. Kein Wunder, daß sie ihn verehrt. Und kein Wunder, daß der Löwe-Mann magnetisch angezogen ist von einer Skorpion-Frau. Es gibt nichts auf dieser Erde, was er mehr liebt, als verehrt zu werden. Wenn nicht gar vergöttert.

Das häufige Schweigen der Skorpion-Frau kann den Löwe-Mann enttäuschen und in Rage bringen. Er ist viel mitteilsamer in bezug auf das, was ihn freut und was seinen Unwillen erregt; er muß sein Glück und seinen Kummer in Worten äußern dürfen. Ein Löwe-Mann kommt nie auf den Gedanken, daß seine, von Pluto regierte Frau durch seine beständige Überlegenheit und sein überhebliches Gehabe in ihre Schweigsamkeit getrieben wird. Ein Löwe kommt auch nicht auf den Gedanken, daß er denselben Charakterzug besitzt, der ihm an seiner Skorpion-Frau mißfällt. Bei ihm heißt das »schmollen«.

Die Skorpion-Frau ist durch die unduldsame Arroganz des Löwen tief verletzt und verärgert, doch macht sie sich selten klar, daß es sie, um diese einzudämmen, lediglich die Anstrengung kosten würde, ihm dann und wann ein aufrichtiges Kompliment zu machen, und zwar mitten hinein in eine seiner hochmütigen Lektionen an sie; dann wird er begeistert sein und völlig vergessen, weshalb er gebrüllt hat. Notwendig ist also lediglich eine gewisse Selbstprüfung. Zugegeben, ein Skorpion ist zu einer solchen Selbstprüfung befähigter als ein Löwe, aber ein Löwe kann leichter vergeben als ein Skorpion.

Die sexuelle Harmonie zwischen einem Löwen und einem weiblichen Skorpion kann zeitweise gestört sein. Sie empfindet seine leidenschaftliche Kraft als erotisch, in einer betörenden, anziehenden Weise. Er empfindet ihre geheimnisvolle, zurückhaltende Leidenschaft als sinnlichen Ausgleich für seine romantische, impulsive Natur. Die Skorpion-Frau weiß schon, was jeder Löwe-Mann erst lernen muß – daß echte Sexualität nicht mit dem flüchtigen Verlangen des Körpers beginnt, sondern im Geist und im Herzen, und von da sich stufenweise zu körperlichem Verlangen entwickelt, was schließlich innere Ruhe und Ausgeglichenheit zur Folge hat.

Was des öfteren zu Spannungen zwischen diesen beiden führt, ist ihre bisweilen ungeheure Verstimmung darüber, daß er von allen Frauen ringsum angehimmelt wird, und daß er sich weigert, sie mit kühler Geste abzuweisen. Der Löwe muß sich dann und wann in Anbetung sonnen dürfen – doch selten wird das in Untreue ausarten, nie, wenn seine Frau diesen Kampf mit der mächtigsten aller Waffen führt – mit der furchtbaren Macht der *Liebe.* Der Löwe, der genug Anbetung und Anregung zu Hause erfährt, in seinem eigenen Reich, wird sich nie in fremden Revieren umsehen. Des Löwen tiefster Instinkt ist seine Treue. Es bedarf schon einer gehörigen Menge an übertriebener Eifersucht, um diese seine wahre Natur zu verändern. Logische Folgerung mag die Skorpion-Frau verleiten zu glauben, daß, wenn die Frauen im Umkreis des Löwen ihn bewundern und begehren, er seinerseits sie ebenfalls bewundern oder begehren müßte. Aber eine »logische Folgerung« ist manchmal die irreführendste unter all den Abarten von Lügen. Außer sich vor Schmerz und Verletztsein, ob berechtigt oder nicht, ist die Skorpion-Frau durchaus imstande, ihrerseits Untreue zu begehen. Sie sollte eine solch drastische Reaktion auf Enttäuschung sehr sorgsam erwägen, denn ein Löwe ist außerstande, körperliche Untreue zu verzeihen – was immer er getan oder auch nicht getan haben mag, um sie zu verdienen.

Doch eines sollte der Löwe wissen: es gehört schon eine Menge Arroganz dazu (die er möglicherweise gar nicht für Arroganz halten wird), eine Menge Unempfindlichkeit gegen ihre innersten Bedürfnisse, um diese Frau in die Arme eines anderen zu treiben. Wenn es jemals geschehen sollte, sollte er sich selbst fragen, was es doch gewesen sein könnte, was sie so dringend gebraucht und er ihr unbewußt verweigert hat.

Wenn die Kluft zwischen Stolz und Gekränktsein so breit wird, daß beide sich sträuben, den Sprung hinüber zu wagen, dann ist es beinahe immer sie, die den ersten Schritt unternehmen muß. Wie sehnsüchtig er auf eine Versöhnung warten mag – ein Löwe findet es schmachvoll, sich mit einer Entschuldigung zu erniedrigen! Er fürchtet, sein Bedauern zuzugeben könnte ihm den Verlust seiner Herrschaft über Haus und Weib einbringen, schlimmer noch: den Verlust seines selbstgewählten Image von Überlegenheit und Befehlsgewalt. Und so wird er, im mühsamen Versuch, seine Identität als Gebieter dieser Verbindung zu bewahren, oft ihr die Schuld aufladen, obwohl sie nicht die Schuldige war, und verzweifelt hoffen, daß sie sie auf sich nehmen wird, damit er ihr dann großmütig verzeihen kann – und alles wieder sonnig und heiter ist wie vordem. Traurig, daß viele Löwe-Männer keinen anderen Weg kennen, um Harmonie wiederherzustellen.

Die Skorpion-Frau ist keine alltägliche Frau, sie ist eine ungewöhnliche Frau, deren Gefühle sehr tief hinabreichen. Ein Löwe wird jede Art von Zuneigung dem Schweigen und der Einsamkeit vorziehen; eine Skorpion-Frau aber würde lieber allein bleiben, als ihr Herz nur zur Hälfte zu verschenken. Und dies ist der große, große Unterschied zwischen diesen beiden von der Quadratur des 4:10-Sonnenzeichen-Musters beherrschten Menschen – ein Ozean, den nur die weite Brücke von Liebe zu überspannen fähig ist.

Die Löwe-Schütze Beziehung

Der Löwe ist ein festes Zeichen, der Schütze ein veränderliches. Da keiner von ihnen in einem Kardinalszeichen mit Führungsanspruch geboren ist, sollte man glauben, die beiden würden früher oder später einsehen, daß keiner von ihnen in dem Spiel, wer wen führt und wer wem gehorcht, der Gewinner sein kann, daß dieses Spiel einfach überflüssig ist und viel Zeit in Anspruch nimmt. Doch obgleich viele Löwen und Schützen eben diese vernünftige Ansicht über ihre Verbindung teilen, gibt es eine stattliche Zahl von Ausnahmen, die all ihre flammenden Energien (beide sind in Feuerzeichen geboren) auf eben diese Auseinandersetzung verschwenden. Jedoch, selbst bei diesen Ausnahmen sind die gegenseitigen Herausforderungen meist freundschaftlicher und gutartiger Natur, denn Löwe und Schütze sind durch die 5:9-Sonnenzeichen-Kombination verbunden, die großes Einfühlungsvermögen in das Wesen des anderen und leicht zu erreichende Harmonie verheißt, so daß die »Konkurrenzkämpfe« zwischen den beiden eher erfrischende, aufmunternde Erheiterung als neidische Verstimmung hervorrufen. Sie sind beide unabhängig und ziehen es vor, aus der Erfahrung ihrer eigenen Fehler zu lernen, als sich bei wohlmeinenden Leuten Rat zu holen. Wenn diese beiden männlichen Zeichen ihre Temperamente verbinden, haben Außenstehende, die ihnen zusehen, beinahe ebenso viel Spaß, wie die beiden Beteiligten selbst. Der Löwe ist geboren, um zu befehlen, zu lehren, zu führen und zu raten. Er ist frei geboren. Der Schütze ist geboren, um dagegen zu kommandieren, unterrichtet, geführt und beraten zu werden. *Auch* er ist frei geboren! Allein, so ausgezeichnet ihre Verbindung auch die meiste Zeit sein mag – es gibt Augenblicke, da muß einer etwas opfern. Der Löwe wird es nicht sein. Und der Schütze wird es nicht sein. Die Zentauren und Löwen repräsentieren, so könnte man sagen, das Äußerste an eisernem Widerstand.

Der Schütze ist von Jupiters unermeßlicher Großzügigkeit und Idealismus beherrscht und geprägt, der Löwe von der wohltätigen Wärme der Sonne selbst. Das ergibt eine Fülle von anfeuerndem Enthusiasmus und ursprünglichem Gefühl, die sie, wenn sie wollen, in eine starke Kraft verwandeln können, die sie dann jedem scheinbar unmöglichen Ziel ihres Ehrgeizes, das sie einzeln oder in Gemeinschaft ersehnen, schnell näherbringt. Abgesehen von ihren hitzigen Streitereien, die von ihren gleich feurigen Temperamenten entfacht werden, können Löwe und Schütze sich gegenseitig – und auch ihre Umgebung – sehr glücklich machen.

Unter den Mißhelligkeiten, die die Ausgewogenheit dieser sympathischen 5:9-Kombination stören können, steht an erster Stelle der Stolz. Der typische Schütze lebt gewöhnlich in »glückseliger Unkenntnis« von der Bedeutung dieses Wortes. Schützen können hitzig sein, sie wehren sich, wenn sie von irgendwelchen Maulhelden in Verlegenheit gebracht werden, aber sicher ist, daß sie nicht falschem Stolz anhängen. Sie können herzlich über Witze auf ihre Kosten lachen, ja sind oft diejenigen, die sie selbst zum besten geben! Dank Jupiters philosophischer Einstellung sehen Schützen keinen Grund, sich schuldig zu fühlen oder außer Fassung zu geraten, weil sie zufällig einige Unzulänglichkeiten besitzen. Hat die nicht jeder?

Löwen jedenfalls nicht. Keine Unzulänglichkeiten. Keine Schwächen. Löwen können überhaupt nichts falsch machen. Alles, was sie sagen oder tun, ist völlig richtig. Immer. Könige sind unfehlbar. Könige sind gefeit gegen Irrtümer. Des Löwen Meinung ist allzeit wohlbegründet, verständig und weise. Und zudem praktisch. Und natürlich über alle anderen Meinungen erhaben. *Jedermann* weiß das. Alle außer dem Schützen. Dem Schützen macht es Spaß, von Zeit zu Zeit dem Selbstvertrauen des Löwen einen Dämpfer zu verpassen. Je mehr Schläge der

Löwe einstecken muß, um so lauter wird er brüllen. Wie immer, wenn Feuer Feuer entfacht, wird das heftige Jupiter-Temperament sich am Brüllen des Löwen entzünden, und dann wird alles zu Sprengstoff.

Die Möglichkeiten von harmonischem Einverständnis zwischen Löwe und Schütze sind so vielfältig und ungewöhnlich reich, daß es wahrhaftig eine Schande für den Schützen ist, diese zu zerstören, nur weil er es unterläßt, sich beständig und vorsichtig abwägend klarzumachen, daß der Löwe, wenn er laufend gereizt wird, sich veranlaßt fühlen könnte, mit verwundeter und empörter Entrüstung für immer davonzustolzieren.

Es versteht sich von selbst, daß man den Schützen nicht *alle* Fehler in dieser Verbindung auflasten darf. Die Löwen machen sich durch einige irrige Beurteilungen ihrer eigenen Person schuldig, wenn es darum geht, den übermütigen, aber entschieden willigen Schützen zu lenken. Schuldig etwa durch jene endlosen Löwe-Lektionen, die mit solch blasierter, rechthaberischer Miene erteilt werden. Der typische Schütze wird endgültig die Nase voll haben, wenn er fortwährend gezwungen wird, sich diese sich immer wiederholenden Moralpredigten von einem pedantischen Löwen anzuhören – nach einiger Zeit wird einer von jenen, ins Schwarze zielenden Pfeilen der Wahrheit das verwundbare Ich des Löwen treffen.

Es dürfte eigentlich einem Löwen nicht schwerfallen zu lernen, ganz sachte die Auffassung des Schützen von Indvidualität zu ändern, und gleichzeitig sein Bedürfnis, sich freimütig zu äußern, anzuerkennen - ohne ihn durch ständige Ratschläge zu maßregeln. Löwen lernen schnell, und der Schütze ist ein geschickter Löwenbändiger. Der Löwe ist, als festes Zeichen, starrköpfiger als der Schütze. Und so wird es, nachdem einer im anderen melancholische Gefühle ausgelöst hat, immer der Schütze sein, der einen zeitweiligen Bruch in ihrer Verbindung wieder zu heilen beginnt. Andernfalls wird es zu wachsender Frostigkeit zwischen den beiden kommen, die abzutauen einige Zeit in Anspruch nehmen dürfte. Löwen neigen dazu, in eisiger Würde einzufrieren, wenn sie beleidigt worden sind, aber die Glut zweier Feuerzeichen wird möglicherweise zwei eingefrorene Herzen schmelzen, insbesondere zwei Herzen, die so langandauernd von *Sonne und Jupiter* erwärmt worden sind wie die von Löwe und Schütze.

Sind ihre Narben verheilt, wird der Schütze die Kunst entdecken, seinen Jupiterpfeil der Wahrheit auf ein lohnenderes Ziel zu richten, indem er nämlich dem Löwen das heißersehnte Geschenk von ehrlicher Anerkennung und Hochachtung darbringt – während der Löwe langsam, aber sicher begreift, daß die Schützen, obwohl sie sich oft in einem Knäuel von Schwierigkeiten verheddern, eben weil sie jeden Rat ablehnen, dennoch gesegnet sind mit unwahrscheinlichem Glück, und es ihnen unerwartet oft gelingt, ihre persönlichen Angelegenheiten glücklich zu Ende zu führen – wenn sie bekommen, wonach sie sich am meisten sehnen: daß man ihnen Vertrauen schenkt.

Löwe-Frau – Schütze-Mann

Ich möchte dem Schützen einen guten astrologischen Rat geben: Stecken Sie Ihre giftigen Pfeile zurück in den Köcher und hören Sie auf, die Liebe dieser Frau durch die völlig nutzlosen Versuche zu gewinnen, sie eifersüchtig zu machen.

Es ist völlig verrückt, den Zorn einer Löwin vorsätzlich zu erregen. Um ihr Herz zu erwärmen und bei ihr zu landen, könnten Sie keinen schlechteren Weg wählen als diesen. Ihre unbeholfenen, wenngleich lustigen Scherze werden Sie nicht weiterbringen. Sie weiß, Sie sind unverbesserlich. Sie weiß auch, daß Sie liebenswert sind. Und sie will und braucht Ihren Schutz nicht. Könige und Königinnen brauchen keinen Schutz. Könige und Königinnen gewähren Schutz. Gerade die Dualität in Ihrem Wesen (Sie wissen, Sie sind ein Doppel-Sonnenzeichen, halb Pferd, halb Mensch) hat sie anfangs hingezogen zu Ihrem Jungenlachen, zu Ihren Clownspossen, zu Ihrem Fluidum eines Weisen; ihr gefiel außerdem ihre Unabhängigkeit und Großzügigkeit. Sie war völlig fasziniert davon.

Sie lieben sie, weil sie beide von der günstigen und glückbringenden 5:9-Sonnenzeichen-Kombination beeinflußt werden. Nicht jeder Schütze und nicht jede Löwin profitieren davon, daß ihre Sonnenzeichen im Trigon stehen, aber sehr viele Zentauren und Löwinnen ziehen großen Vorteil aus dieser 5:9-Kombination.

Eine Löwe-Frau ist anmutig, eine gepflegte Erscheinung. Sie ist verspielt, lebhaft und heiter – sie ist großzügig, weise und gefühlvoll. Sie ist empfindsam, ungewöhnlich stolz (teilweise ist dieser Stolz falsch, teilweise echt) und kann mehr als nur ein bißchen herablassend, arrogant und anspruchsvoll sein. Wenn wir ehrlich sein wollen, und ich glaube, wir müssen, schon dem Schützen zuliebe, heißt das Wort, das auf sie zutrifft: verwöhnt. Sie ist, wie wir schon oft festgestellt haben, eine Königin (davon ist sie selbst am meisten überzeugt). Es würde dem Schützen nicht schaden, sich dies immer vor Augen zu halten, wenn sie ihn mustert – um zu entscheiden, ob er es auch wert ist, ihr Prinzgemahl zu sein.

Die Löwin neigt dazu, zu viel von dem Mann zu erwarten, der sie liebt, indem sie unbewußt königliche Anforderungen an ihn stellt, die kein Sterblicher erfüllen kann. Der Schütze-Mann ist kühn und tapfer und vermutlich furchtloser als alle anderen Sonnenzeichen (Löwen inbegriffen, die ihre Ängste mit Dreistigkeit überdecken). Er wird sich die größte Mühe geben, ihr Wertvolles zu schenken, seien es echte Perlen oder die viel kostbareren Perlen seiner Rechtschaffenheit. Er wird Probleme für sie lösen, ihr neue Welten und Ideen entdecken, ihr seine Treue und Intelligenz beweisen. Nur mit einem Geschenk an sie hat er Schwierigkeiten: mit dem Geschenk unterwürfiger Verehrung. Dieser Mann ist einfach unfähig, sich irgend jemandem zu Füßen zu werfen, in der hergebrachten Haltung von Ehrerbietung und Ehrfurcht. Er wird ihr gern den Respekt vor einem absolut Gleichgestellten zollen. Er will nicht auf sie herabblicken, er will aber auch nicht zu ihr aufblicken. Er will sie weder als Untergebene noch als über ihm Stehende behandeln, sondern mit der gleichen demütigen Zuneigung, Wärme, leidenschaftlichen Treue und Zärtlichkeit.

Und so bekommt sie all diese unschätzbaren Geschenke von ihrem fröhlichen, augenzwinkernden Hofnarren, ihrem suchenden Glücksritter – aber auf Verehrung wird sie verzichten müssen.

Wenn alles, worum diese beiden sich zu sorgen hätten, ihre

sexuelle Harmonie wäre – es gäbe keine Probleme. Im Eins-Sein verschmelzen zu können, mit einer Intensität von Leidenschaft, an die das Herz sich aus einem lang zurückliegenden Traum her erinnert, ist eines jener großen und überwältigenden Geschenke, mit denen sie der mächtige Jupiter und die kraftvolle Sonne ausstatten – nicht jeden Löwen und jeden Schützen –, aber jene Löwinnen und Schützen, die sich aufrichtig lieben. Ihr Liebesspiel ist bisweilen verspielt, sinnlich, sanft und zärtlich – dann wild, ungezügelt und ungebändigt, aber auch ganz ruhig und friedvoll. Eine Warnung jedoch gilt dem Schütze-Mann – der, wie es seine Art ist, manchmal zur unrechten Zeit zu frank und frei in seinen Äußerungen ihr gegenüber ist (des Schützen Gefühl für den richtigen Moment ist nicht sonderlich ausgeprägt), was sie mehr verletzt, als er sich vorstellen kann. Eine verletzte Löwe-Königin gehört zu jenen Frauen, die sich allein irgendwohin in kaltes eisiges Schweigen zurückziehen, um ihre Wunden langsam auszuheilen – eine Zeit, in der sie nachdenklich und sexuell nicht ansprechbar sind.

Dieser Mann ist ein Clown. Aber die Löwe-Frau darf nie die schmerzliche Traurigkeit und die vielen vergossenen Tränen hinter dem breiten, grell geschminkten Grinsen aller Clowns vergessen und muß sich vergegenwärtigen, da er (ihr Schütze), während er vorgibt, ein großer Entdecker, ein tüchtiger Löwenbändiger, ein sorgloser Glücksritter, usw., usw. zu sein, eigentlich mit Don Quichote identisch ist. Letzten Endes mußte die Frau, die er geliebt hat, ihn ein weiteres Mal daran erinnern, daß er wirklich die Kraft besessen hatte, den unmöglichen Traum zu verwirklichen, auch wenn er ihn für eine Weile verloren hatte.

Und der Schütze sollte nie vergessen, daß es keine Rolle spielt, wenn sie streiten, und er hastig und ärgerlich sich entschließt, seinen Bogen zu packen und seinen Köcher mit Pfeilen – um die Welt zu durchstreifen, sie allein zurücklassend. Wie weit er auch immer herumkommen mag, er wird weinen, wenn er endgültig begreift, daß seine unbedachten Bemerkungen seine stolze und sensible Löwin so sehr verletzt haben. Er wird sie ungemein vermissen. Er wird sich an ihre Heiterkeit und Wärme erinnern, an ihre bezaubernde Mischung von bebender Gefühlsintensität und ruhiger, kühler Ausgeglichenheit. Und spätestens dann wird er wissen, daß es Zeit ist heimzukehren zu seiner stolzen Löwin.

Löwe-Mann – Schütze-Frau

Die Welt ist groß, und deshalb müssen absolut nicht alle Männer und Frauen, die eine 5:9-Sonnenzeichen-Kombination bilden, Liebespaare sein. Manche sind einfach nur auffallend tolerant und herzlich zueinander, platonische Freunde, die ihre Erfahrungen mit einem seltenen Verständnis für den Standpunkt des anderen austauschen.

Dann gibt es Löwen und Schütze-Frauen, die, ungeachtet der günstigen Gelegenheiten für Harmonie, die ihre im Trigon stehenden Sonnenzeichen gewähren, negative Planeten- oder Aszendentenaspekte zwischen ihren Horoskopen haben. Das sind jene, deren Persönlichkeiten so unterschiedlich sind, daß sie einander nie nahe genug kommen, um sich gegenseitig entweder ungeheuer glücklich zu machen oder sich ungeheures Leid zuzufügen.

Dies gilt natürlich für alle 5:9-Sonnenzeichen-Verbindungen, nicht nur für Löwe und Schütze allein. Im Gegensatz dazu gibt es Männer und Frauen, deren Geburtssonnen die spannungsreiche und schwierige 4:10-Sonnenzeichen-Kombination bilden, deren andere Planeten-Konfigurationen aber äußerst günstig sind und die sich deshalb sehr leicht miteinander vertragen. Wir müssen uns aber daran erinnern, daß dies Ausnahmen sind, die die Regel bestätigen.

Obgleich nicht jeder Löwe-Mann und jede Schütze-Frau dazu bestimmt sind, sich zu begegnen und sich augenblicklich ineinander zu verlieben – die, denen es widerfährt, wird ein Band aneinanderschmieden, das nicht leicht zu zerstören ist. Obgleich sie es versuchen werden! Diese beiden scheinen verschiedentlich nur ein gemeinsames Ziel zu verfolgen – das wechselseitige Bedürfnis, dem gesunden Selbstbewußtsein des anderen Minderwertigkeitskomplexe einzuhämmern. In Wirklichkeit *testen sie* ihre Beziehung durch eine wunderliche

Kombination von gleichzeitigem Suchen nach Bestätigung und Nichtbestätigung. Nach Bestätigung der gegenseitigen Treue und Ergebenheit – und nach Nichtbestätigung der wechselseitigen Angst, von der Treue des anderen hintergangen zu werden, die Liebe nun einmal fordert. Das ist ein für Feuerzeichen ganz natürliches Spiel, und da Löwe und Schütze in Feuerzeichen geboren sind, werden sie die Spielregeln sehr schnell beherrschen.

Wenn sie Glück haben (und die meisten Löwen und Schützen haben ungewöhnlich viel Glück), werden sie verhältnismäßig schnell lernen, wie viele wundervolle Stunden sie damit vergeuden, dieses Testspiel zu spielen. Wenn sie weniger Glück haben und ihre normalerweise Glück verheißenden Geburtssonnen von anderen Planeten ungünstig beeinflußt werden, wird es lange dauern, und sie werden einander sehr viele emotionale Wunden zufügen, bis sie begreifen, wie töricht sie sich benehmen.

Zum Beispiel wird der Löwe das tun, wovon er genau weiß, daß es mehr als unfair ist: nämlich die Schütze-Frau, die er liebt, arrogant herumkommandieren, ihr befehlen, sich seinen Wünschen zu beugen und von seinem sonnigen Lächeln und seinen schützenden, starken Armen verzaubert zu sein – indem er erwartet, daß sie ihn wie eine Küchenmagd bedient, indem er sie beim leisesten Ungehorsam gegen Seiner Majestät Anordnungen belehrt und zurechtweist und ihr keine eigene Meinung zugesteht, ihr nicht erlaubt, sich mit Dingen zu beschäftigen, in denen sie ihn womöglich sogar übertreffen könnte. Er ist kein wirklicher Tyrann, und er hat weder den Wunsch noch die Absicht, grausam und despotisch zu sein. Er spielt nur still und verzweifelt (oft ganz unbewußt) das Testspiel, sucht nach einer Bestätigung ihrer Treue, nach Beweisen ihrer Demut – um zu erfahren, wie bereit sie ist, sich ihm zu unterwerfen, wie weit er gehen kann, bis sie ihm eingesteht, daß sie ihn nicht mehr so wie zu Beginn ihrer Beziehung liebt. (Dabei betet er die ganze Zeit inständig darum, daß sie ihn noch genau so liebt.)

Dann wird er sie testen, indem er nicht nach einer positiven Bestätigung, sondern nach einer Nichtbestätigung sucht. Er wird wüten und brüllen, wenn sie einen anderen Mann nur ansieht und sie mit einer völlig aus der Luft gegriffenen Begründung des Ehebruchs bezichtigen, ohne die geringste Veranlassung dazu zu haben – wobei er heimlich nur darauf wartet, daß sie ihm versichert, daß sie nie auch nur daran denken würde, ihn mit irgend jemandem zu betrügen. Je entrüsteter und zorniger sie dabei wird, je entschiedener und glaubwürdiger sie seinen Verdacht bestreitet – um so sicherer fühlt er sich.

Zur Abwechslung wird dann sie den Spieß umdrehen. Da sie ganz genau weiß (ihr Verstand ist sehr klar und rege), wie ausgehungert dieser Mann nach aufrichtigen Komplimenten ist, wird sie ihn hungern lassen, indem sie ihm nicht ein bißchen Bewunderung entgegenbringt, wie sehr er sich auch bemühen mag, sie zu beeindrucken – und dabei testen, wie verbissen er um Erfolge ringen wird, welch unmöglichen Herausforderungen er annehmen wird, nur um ihre Aufmerksamkeit und ihren Beifall zu gewinnen. Wieviel ist ihm das wert? Hört er auf, sich darum zu scheren, was sie denkt, bedeutet das, er liebt sie nicht mehr so, wie er zu Anfang ihrer Beziehung geschworen hat? Dann, im vollen Bewußtsein dessen, wie sehr er darunter leidet, seinen männlichen Stolz in Gegenwart seiner Freunde mit Füßen getreten zu sehen, wird sie ihn, im Rahmen einer »Audienz« genüßlich in Verlegenheit bringen, indem sie ihn entweder widerlegt oder eine private Geschichte über ihn erzählt, die ihn lächerlich macht. Heimlich hofft sie, er würde sie später, wenn sie allein sind, anfahren und zurechtweisen, einen Tobsuchtsanfall bekommen und ihr versichern, daß er sie liebt und daß niemand, nur sie imstande ist, seine Gefühle zu entflammen. Danach versucht sie es auf die andere Tour.

Da sie in einem »veränderlichen« Zeichen geboren (d. h. anpassungsfähiger) ist und er in einem »festen« (d. h. starrköpfig), sollte sie als erste ihren Überdruß an dem Testspiel ausdrücken – und ihren Wunsch, ganz von vorne zu beginnen. Alles, was sie tun muß, ist – den ersten Schritt unternehmen. Sie muß einfach wirklich und ganz sie selbst sein. Und präzise sagen, was sie empfindet. »Vortäuschen« ist ein Part, den ein Schütze niemals sehr erfolgreich spielen wird. Er wird den zweiten Schritt tun und zu etwas bereit sein, wozu er niemals vorher und niemandem gegenüber bereit gewesen ist. Er wird zugeben, wie falsch er sich benommen, wie viele Fehler er gemacht hat, wie außerordentlich leid ihm das alles tut, wie schwach und furchtsam er eigentlich in seinem Herzen ist, gerade wenn er sich nach außen hin so zuversichtlich und so objektiv gibt. Sie wird sich ebenfalls entschuldigen für all die Kränkungen, die sie ihm beigebracht hat und die ihm solch seelischen Schmerz bereitet haben – und für all jene Zeiten, in denen sie ihn hat glauben lassen, sie zweifle an seiner Treue.

Sie werden einander eingestehen, daß sie, während all der schrecklichen Testzeit, doch fähig geblieben sind, die Wahrheit in den Augen des anderen zu lesen, völlig unabhängig davon, was der andere jeweils gesagt hat. Worte spielen doch keine Rolle. Nach einer Weile, wenn sie sich nichts mehr zu beichten haben, werden sie zusammen in der Dunkelheit der Nacht einschlafen, und am nächsten Morgen wie zwei einander vertraute Fremde erwachen und dieselbe Musik hören, die sie am allerersten Morgen gehört haben, als sie mit dem Wissen erwachten: die lange, einsame Suche ist vorüber . . . doch die Mysterien des anderen zu ergründen, das steht noch bevor. Dieses Mal aber ist die Musik einschmeichelnder, sind die Töne tiefer, denn sie kennen Rhythmus und Melodie schon auswendig. Und das beste an allem ist: sie haben die Worte zu einem neuen Lied von Wahrhaftigkeit und Aufrichtigkeit gelernt, das vielleicht eines Tages zu einer mächtigen Symphonie anschwillt.

Die Löwe-Steinbock Beziehung

Da des Steinbocks Zauberformel »Ich brauche« ist, können Steinböcke bisweilen ein wenig egoistisch sein. Sie nennen es Selbstschutz. Genau dieses Wort benützt der Löwe, um seine unerträgliche Arroganz zu rechtfertigen. Selbstschutz. Selbstschutz gegen alle Untergeordneteren. Dies ist eine 6:8-Sonnenzeichen-Kombination, was für eine interessante Verbindung sorgt. Man hat sich damit abzufinden, daß es für den strahlenden Enthusiasmus und die heitere, warme Persönlichkeit des Löwen keine Möglichkeit gibt, sich dem einschränkenden Einfluß des den Steinbock beherrschenden Saturn zu entziehen – und daß kein Steinbock nun über die Maßen von dem Getrommle beeindruckt sein wird, das die Löwen, voll Stolz über ihre großen Fertigkeiten, vollführen. Der Löwe kann letzten Endes Steinböcke gar nicht übertreffen, denn der Steinbock steht im Schicksalsrad über dem Löwen. Der Löwe ist zweifelsohne klug und erfahren, aber der Steinbock ist klüger und erfahrener. Der Löwe ist, als festes Zeichen, ein wenig starrköpfig, aber der Steinbock ist, als Erdzeichen, starrköpfiger und darüber hinaus herrisch, da er zu den Kardinalzeichen gehört. Herrischer als der Löwe, doch ruhiger und weniger aufdringlich. Der Löwe ist ein anerkannt praktischer Organisator, aber der Steinbock übertrifft ihn eben auch auf diesem Gebiet.

Obwohl der Steinbock ein wenig verständiger und starrköpfiger ist, auch praktischer und sogar dominierender, wird in jeder engen Beziehung von Steinbock und Löwe der Steinbock das sechste Haus für den Löwen repräsentieren.

Und das sechste astrologische Haus steht für »Dienst« oder »dienen«. Deshalb bestimmen die Planeten, daß Steinböcke jedem Löwen, mit dem sie eng verbunden sind, eine Art von »Dienst« – wie fein oder beiläufig auch immer – zu erweisen haben.

Löwe und Steinbock sind einer auf den anderen neugierig. Die Löwen faszinieren den Steinbock, der brennend gern wissen möchte, wie sie das geworden sind, was sie sind. Normalerweise sind Steinböcke nicht neugierig, aber Löwen stellen für sie ein Rätsel dar, das sie liebend gern lösen möchten, obgleich sie deswegen nicht ihren Schlaf darüber verlieren wollen. Der Löwe seinerseits fühlt innerlich, daß der Rat des Steinbocks gut gemeint ist, und wird ihn auch dann und wann befolgen. Nicht immer, aber dann und wann.

Der Steinbock beobachtet mit einigem Vergnügen die Extravaganzen des Löwen in Sprache und Kleidung. Im Grunde seines Herzens wünscht er sich sehnsüchtig ein bißchen von dem Wagemut des Löwen. Der Steinbock ist oft merkwürdig fasziniert von dem ungeheuren Ausmaß der Ziele des Löwen, gefesselt von dessen Großzügigkeit und Mißachtung finanzieller Sicherheit, und vielleicht sogar ein wenig neidisch auf des Löwen Mut, solch gigantische Träume zu träumen und dann auch noch die Stirn zu haben, ihnen stolz zu befehlen, sich zu verwirklichen.

Wenn den Löwen kein vorsichtiges Mond- oder Aszendentenzeichen beeinflußt, wird er sich keine großen Gedanken über schlechte Zeiten machen, noch sich sonderlich über mögliche Armut oder mögliche Fehlschläge aufregen. Es ist eine Haltung, die derjenigen des typischen Steinbocks, sich um das Morgen zu kümmern und zu sorgen, vollkommen entgegengesetzt ist. Da ist überhaupt so vielerlei völlig verschieden bei diesen beiden. Von ihrer Frisur angefangen bis zu ihrer Kleidung, von ihrer Fähigkeit, geduldig zu sein (Steinböcke haben sie, Löwen nicht) und von ihrem Umgang mit Geld (der Steinbock ist ein bißchen knausrig, der Löwe ein wenig leichtsinnig) bis zu ihrer Sprechweise (der Steinbock ist zurückhaltend und höflich, der Löwe beredt und dramatisch) und ihrer Art, ihre Vorhaben zu verwirklichen (der Steinbock ist behutsam und sorgfältig kalkulierend, der Löwe waghalsig und impulsiv) – scheint es bisweilen, als stammten diese beiden aus verschiedenen Welten.

Sollten diese beiden Planeten unter einem günstigen Aspekt stehen, wird der Steinbock für ein festes geistiges und gefühlsmäßiges Fundament sorgen, auf dem der Löwe einige dauerhafte Feuer entzünden kann, symbolisch gesprochen. Realistisch gesprochen könnte der Steinbock davon profitieren, der Zuversicht und dem Vertrauen des Löwen in die Zukunft nachzueifern, so wie der Löwe die Zuverlässigkeit eines Steinbocks (sei er ein Freund, ein Geschäftskollege, ein Verwandter, ein Ehepartner) als sicheren und angenehmen Hafen empfinden könnten, wenn Sie vor den Stürmen des Lebens Schutz suchen sollten. Konkurrenzdenken kann sie offen oder heimlich zu Feinden werden lassen. Aber wenn sie sich zusammenschließen, können sie eine feste und dauerhafte Freundschaft begründen, die wachsen kann und sich nährt aus der reichen Erde des stillen Wartens (des Steinbocks) und sich wärmt an der lebensspendenden Kraft der segensreichen Sonne des Löwen. Diese Freundschaft ist möglich, wenn sie auf ihre gegenseitigen Gefühle Rücksicht nehmen und ihre gegenseitigen, scheinbar fremden Gesichtspunkte tolerieren.

Löwe-Frau – Steinbock-Mann

Es ist immer ein leichter Schock, wenn ein Steinbock-Mann und eine Löwe-Frau sich emotional binden oder gar heiraten – eine verwirrende Überraschung für Freunde und Fremde gleichermaßen, sogar für Anverwandte. Wie kann ein konservativer Steinbock von einer extravaganten Löwin angezogen werden, die so impulsiv, so dramatisch in ihrer Sprechweise und ihren Handlungen ist, die so majestätisch fordert, daß jedem ihrer Einfälle nachgegeben wird, die erwartet, daß man sie verehrt und zu ihr emporblickt, aber sich weigert, zu irgend einem anderen aufzusehen oder gar jemanden anderen zu verehren?

Und – was kann eine warmherzige, großzügige Löwin an einem bedächtigen Steinbock finden, der eher still und nachdenklich als fröhlich und gesellig ist, der all die Geldstücke, die sie wie Konfetti um sich wirft, sorgsam zusammenklaubt, der äußerst selten Komplimente macht, der für gewöhnlich Parties haßt (wenn sie nicht einen ganz praktischen Anlaß haben), der über jeden Luxus die Stirn runzelt (wenn er nicht einen praktischen Zweck hat) und höchst undramatisch und zurückhaltend seine eigenen Gefühle beobachtet.

Der typische Steinbock möchte durch eine Heirat gesellschaftlich aufsteigen, an Ansehen gewinnen. Er ist insgeheim und ohne es zu zeigen beeindruckt von Ruhm und Erfolg. Er zieht große Befriedigung aus dem Besitz von Rang und Werten, den andere Leute bewundern und um den er beneidet wird. Ein männlicher Steinbock fühlt sich besonders von den Frauen angezogen, die seinem Herzen ein wenig Sonnenlicht versprechen, einfach weil sie die Fähigkeit besitzen, seinen Gefühlshorizont zu erweitern, wonach er sich insgeheim sehnt, wie schroff er das auch immer verneinen mag.

Die typische Löwe-Frau erreicht, verhältnismäßig früh in ihrem Leben, ein gewisses Maß von Ansehen und gesellschaftlichem Prestige, einen gewissen Grad von öffentlicher Anerkennung und Bedeutung. Die Aktivitäten einer Löwe-Frau sind vielfältig. Sonnenlicht besitzt sie im Überfluß, und ihr macht es Freude, konservativen Leuten aufregende Horizonte zu erschließen, auf jedem Gebiet, ganz gleich welchen Niveaus.

Eine Löwin braucht, um existieren zu können, die leuchtende Aura des Erfolgs um sich. Sie braucht einen Partner, den sie achten kann, einen Mann, der nicht faul ist und Erfolg hat. Sie fühlt sich von jener Sorte Männer angezogen, die ruhig und geduldig ihre gedankenlose Arroganz und ihre dramatische Art und Weise hinnehmen. Sie sucht einen Mann, der sie in der Öffentlichkeit nicht durch einen Mangel an Erziehung und guten Manieren demütigt. Sie braucht einen Mann, der genug Geld verdient, um ihre verhältnismäßig hohen Ansprüche erfüllen zu können und der ihr auch weiterhin volle Freiheit gewähren wird und ihr nicht die innere Befriedigung vorenthält, die daraus resultiert, daß sie fortwährend Besitz von sich selbst ergreifen, d. h. ihre Weiblichkeit ausdrücken kann, indem sie ihre Umwelt beeindruckt.

Ein Steinbock-Mann hat vielleicht mehr Chancen, öffentliche Anerkennung und materielle Sicherheit zu gewinnen, wenn eine Löwe-Frau ihn bewundert. Sein stiller Ehrgeiz und seine vorwärtsdrängende Entschlossenheit werden königliches Wohlwollen in ihren Augen finden. Sie wird die Tatsache zu würdigen wissen, daß sein kühler, unbeugsamer Wille ihre kühle, träge Unentschlossenheit ausgleicht. Da er niemals träge ist, erlaubt das ihr, dann und wann faul zu sein. Sein normalerweise ausgezeichnetes Benehmen findet ihren königlichen Beifall, und die schüchterne Liebenswürdigkeit, die er einigen wenigen Leuten gegenüber an den Tag legt (sie gehört zu den wenig Glücklichen), weckt all ihre warme und beschützende Zärtlichkeit. Sein Gefühl für Gerechtigkeit gleicht dem ihren. Alles in allem vermittelt ihr seine scheinbar unendliche Geduld mit ihrem feurigen Temperament ein unwahrscheinlich entspannendes Gefühl von emotionaler Sicherheit.

Doch stehen Sonne und Mond in ihrem Horoskop unter einem ungünstigen Aspekt, werden sie hart um die Harmonie kämpfen müssen. Er wird sie beschuldigen, eitel, eingebildet, verwöhnt und egoistisch zu sein; sie wird ihn beschuldigen, kalt, grausam, ehrgeizig, gefühllos und egoistisch zu sein. (Egoismus ist ein Charakterzug, den sie gemeinsam haben.) Sogar wenn ihre Planeten unter einem positiven Aspekt stehen, werden sie sich mit einigen Spannungen konfrontiert sehen.

Diese Dame, die so empfindsam und reizend, freundlich und großzügig, heiter und fröhlich und stolz ist – diese Dame braucht Geselligkeit und Freiheit, um spontan und impulsiv an irgendeinem Ereignis teilnehmen zu können, ohne vorher die formale Erlaubnis dazu von irgend jemandem einzuholen.

Sie wird ebenso dramatisch nach der Gelegenheit verlangen (oder sich, mit unausgesprochenem, gefährlich verhaltenem Jähzorn, heimlich danach sehnen), ihren eigenen Ruhmesweg in irgendeiner kreativen Tätigkeit oder herausfordernden Karriere einzuschlagen. Da der Steinbock-Mann gewöhnlich mehr ist als nur ein kleiner Besitz seiner Löwe-Freundin, mehr als nur ihr angetrauter Herd-und-Heim-Gefährte, wird er aufbegehren. Ferner liebt der Steinbock durchaus keine offene oder aktive Konkurrenz, geschweige denn heimtückischen Konkurrenzkampf (dem mißtraut er wirklich). Alles kann sich zu einem kleinen Erdbeben auswachsen, wenn er darauf besteht, genauestens von den zeitweiligen Aufenthalten und Aktivitäten seiner Dame in Kenntnis gesetzt zu werden, um sicher zu gehen, daß sie auch nichts unternimmt, was den Familiennamen auch nur im mindesten entehren könnte. Die einzige Lösung ist ein Kompromiß.

Er muß ihr schon eine gewisse Freiheit zugestehen, wenn er ein glückliches und harmonisches Heim behalten möchte – ihr auch glauben, genügend Stolz und Würde zu besitzen (sie ist reichlich gesegnet mit beidem), weder ihm noch sich selbst Schande zu machen, wenn sie ohne ihn weggeht. Es ist wichtig, daß sein Beifall enthusiastisch ist, denn ist er neidisch, wird er ihre Beziehung um die Ruhe und Ausgeglichenheit bringen, die sie haben könnte.

Sie sollte versuchen, ihren Anteil an dem Kompromiß mit Anmut zu bewältigen. Wenn sie ihm hochmütig mitteilt, daß sie keinen Anlaß sieht, seine Erlaubnis für alls, was sie zu tun gedenkt, einzuholen, sollte er sie ruhig und liebevoll mit jenem schelmischen Steinbock-Augenzwinkern darüber informieren, daß es sich hier nicht um eine Erlaubnis handelt, sonden vielmehr um eine Konsultation. Daß sogar von Königinnen erwartet wird, daß sie sich zumindest mit ihrem Kanzler und ihren Königen beratschlagen – und dann sollte er einige historische Beispiele anführen, die das beweisen.

Diese Frau ist von Natur aus gutherzig. Menschen glücklich zu machen, bereitet ihr Freude. Hat sie einmal erkannt, um wieviel glücklicher und zufriedener sie den Mann machen kann, den sie liebt, indem sie einiges Interesse für seine Gefühle zeigt, wird sie noch zugänglicher und seinen weisen Rat noch öfter einholen, wenn sie ihre Pläne überdenkt.

Er ist ein höflicher Liebhaber, aber seine Leidenschaften reichen tiefer, als es, oberflächlich betrachtet, scheinen möchte. Nur die Frau, die den Steinbock lange genug kennt, kann die wahre Tiefe seiner Gefühle und die latente Kraft seiner Sexualität ermessen. Bevor sie, nach einigen Jahren voller Liebe, gefestigt ist, wird die Löwin zunächst noch zu ichbezogen sein, um ihre Liebe mit ihrem ganzen Sein ausdrücken zu können, und so ist da am Anfang etwas leicht Egoistisches und Oberflächliches in ihrem sexuellen Verhalten. Aber er ist geduldig und willens, auf den Reichtum zu warten, von dem er weiß, daß er unter ihrer weiblichen Eitelkeit verborgen liegt, um sich in der wechselseitigen Erfahrung zu entfalten, die ihre Beziehung vertiefen wird. Seine ruhige Art zu warten, sein beredtes Schweigen, wenn er sie berührt, werden nach und nach ihr Herz erreichen und ihr ermöglichen, die seltene Mischung von Zuneigung, Zärtlichkeit und Sinnlichkeit zu zeigen, die sich unter der Kälte jeder Löwe-Frau verbirgt. Sie ist Löwin; die wilde, reine Ekstase der körperlichen Liebe ist Teil ihrer Natur, und oft besitzt ein von Saturn regierter Mann genau die richtigen männlichen Eigenschaften, um diese Gefühle in ihr bis an ihre äußerste Grenze zu entfesseln.

Ihr natürlicher Elan und ihr vornehmes Wesen sind der Grund, weshalb er sie verehrt, und ihr edler Charakter der Grund, weshalb er sie liebt. Ihre Fähigkeit, großmütig zu sein und verzeihen zu können, mildert seine Melancholie und löst teilweise sogar seine Vorsicht auf. Er braucht ihre Wärme und Kraft wie sie seine Ausdauer und Stetigkeit. Es ist ein aufregendes Abenteuer für einen Mann und eine Frau, zusammen zu lernen und zu wachsen.

Löwe-Mann – Steinbock-Frau

Der Löwe-Mann hält sich selbst für den praktischsten Menschen. Davon ist er überzeugt. Er blickt in den Spiegel und sieht das Bild eines ansehnlichen, stattlichen und unbesiegbaren Helden, der alle Vorzüge in sich vereint. Das ist die schmeichelhafte Vorstellung, die er von sich selbst bei all seinen Unternehmungen mit anderen, weniger glücklich Begabten hat. Dann verliebt er sich in eine Steinbock-Frau. Und plötzlich empfindet er sich von Kopf bis Fuß als linkisch, als unpraktisch, vielleicht sogar als ein wenig töricht und lächerlich. Für einen Löwen ist das ein äußerst unangenehmes Gefühl.

Natürlich nimmt er das nicht so mir nichts, dir nichts hin, in ihrer Gegenwart dermaßen außer Fassung zu geraten. Was – er und außer Fassung? Er gibt vielmehr vor, Herr der Situation zu sein und legt eine kühle Gelassenheit an den Tag, die er gar nicht wirklich empfindet. Das Unbehagen beginnt, wenn er diese seltsame Art von »Belehren« an ihr wahrnimmt. Aber er ist erstaunt, als sie ihm ganz ruhig ihre Ansichten über abstrakte Kunst und die alten Meister anvertraut und was sie an den heutigen Erziehungssystemen falsch findet. Etwas Betörendes und auch Beschützendes an ihm weckt so viel Vertrauen in ihr, daß sie ihm alle diese Dinge erzählen kann. Normalerweise gibt sie ihre Ansichten nicht preis und diskutiert auch nicht offen ihre Überzeugungen. Er sollte tief beeindruckt sein von ihrem Entschluß, ihm ihre Ansichten und Gedanken offen darzulegen – was übrigens eine Art Garantieschein für diese furchtsame Frau ist, bevor sie ihm ihr Herz anvertraut. Aber ist er beeindruckt? Nein. Für gewöhnlich nicht. Er ist in Gedanken viel zu sehr mit den Bedürfnissen seines männlichen Ego beschäftigt.

Er hört ihr wohlwollend zu, mit einer Art von amüsierter Toleranz, zieht Vorteil aus ihrer ernsten Konzentration, um ihren weiblichen Charme zu studieren, und entwirft im Geist den Verführerplan, indem er genüßlich kalkuliert, wie lange es wohl noch dauern wird, bis sie entspannt in seinen Armen liegt, und . . . Moment! Sie hat eben eine Pause gemacht, um sich zu vergewissern, ob er ihr auch zugehört hat. Um ihr dann zu beweisen, daß er auch nicht ein Wort überhört hat, wird er sie voller Eifer, aber bestimmt, wegen einiger ihrer Ansichten tadeln und beneidenswert selbstbewußt das herauspicken, was sie falsch sieht.

Irgendetwas stimmt nicht. Sie ist *zu* schweigsam. Er hat sich eingebildet, sie hätte so wundervolle Augen, so freundliche, mit einem Schimmer von feinsinnigem Humor; aber warum erinnern sie ihn plötzlich an einen kühlen Bergsee? Ihr durchbohrender Blick ist so kalt wie ihre Stimme, wenn sie sagt: »Es ist schon spät. Ich muß früh aufstehen. Ich sehe Sie ja nächste Woche – vielleicht.«

Und jetzt erst erwachen in ihm jene Gefühle von törichtem und ungeschicktem Benehmen. Er fühlt sich zurückgestoßen, gedemütigt. Sie ist bloß extrem auf Selbstschutz aus, und sie hat gesunden Menschenverstand genug, sich vor einem drohenden Kampf zurückzuziehen, noch ehe ihre aufkeimende

Liebe ernsthaft verwundet oder gar getötet wird. Es ist viel liebevoller gemeint, als er es überhaupt erkennt – nämlich Zeit zum Nachdenken zu fordern. Wenn er aufhören könnte, sich selbst als den Nabel der Welt zu betrachten, und mehr an sie zu denken, würde er ihre schweigsame Botschaft verstehen.

Die einzige Möglichkeit des Löwen, dieses schweigsame Wesen, das immer kühl und beherrscht scheint, jemals wirklich zu verstehen, ist, sie durch die Fenster seines Herzens zu beobachten, wenn sie meint, allein zu sein, und niemand könne ihre bewegten Gefühle sehen oder hören. Die Steinbock-Frau fühlt unbewußt, daß sie, sollte sie sich der öffentlichen Zurschaustellung ihrer Gefühle schuldig machen, in Ungnade fallen wird. Deshalb vertieft sich ihre Gewohnheit, sich selbst in der Gewalt zu haben, von Jahr zu Jahr, was einige beleidigt und sie selbst traurig zurückläßt und sie veranlaßt, sich im stillen Gedanken darüber zu machen, was sie falsch gemacht hat.

Auch der Löwe wird von Zweifeln gequält, was er falsch gemacht hat. Wenn er alles in sorgfältiger Selbstprüfung überdenkt, wird er feststellen, daß ihm einige Fehler in bezug auf die Steinbock-Frau unterlaufen sind: indem er geglaubt hat, er könne sie um den kleinen Finger wickeln – indem er ihren gesunden und durchdachten Ansichten über Angelegenheiten von vitalem Interesse nicht genügend Beachtung geschenkt – und indem er erwartet hat, sie müsse entzückt sein über sein Angebot, sie zu formen wie ein Stück feuchten Lehm, umzukrempeln zu seiner Vorstellung von der idealen Frau.

Aber die Steinbock-Frau ist nicht bereit, ihre Kleidung, ihre Haartracht oder gar ihre Meinungen um irgendeines Mannes willen zu ändern. Nicht einmal um dieses stolzen Löwen willen, der unleugbar ihre Knie weich werden läßt, wenn er ihr zulächelt, und sie veranlaßt, ebenfalls deprimiert zu sein, wenn sie fühlt, daß er traurig ist, ob sie ihr Mitgefühl nun in Worten ausdrückt oder nicht. Möglich, daß er sie allmählich verändern kann, ganz allmählich, Schritt für Schritt. Aber sofortige Veränderung, die kann er vergessen. Eine Steinbock-Frau macht nichts sofort, und königliche Befehle, sogar liebevolle, haben nur den Effekt, ihre ganze Halsstarrigkeit wachzurufen und ihren eisernen Willen noch mehr zu stählen.

Seine heitere Veranlagung und sein Selbstvertrauen beeindrucken sie öfter, als er ahnt, inspirieren sie und erhellen ihre Saturn-Schwermut öfter, als sie zugibt. Sie hört aufmerksam zu, wenn er von seinen gigantischen Zielen und zukünftigen Plänen spricht. Sie ist auf der Seite des Guten und Schönen, deshalb gefällt ihr sein Idealismus – und sie ist entschieden auf der Seite von Ehrgeiz, in allen Schattierungen und Größen. Je höher seine Ziele, um so mehr wird sie sie unterstützen, obgleich sie auch nicht zögert, Fehler zu benennen, die diese Ziele zu unrealisierbaren machen. Er sollte ihren feinfühligen Rat respektieren, ihre instinktive Weisheit hoch einschätzen und sie nicht von sich weisen. Steinböcke haben ein wundervolles Geschick, Träume in Realität zu verwandeln.

Mindestens einmal im Monat werden die beiden wegen des Geldes aneinandergeraten. Es ist nicht seine Angelegenheit, wofür sie ihr Geld ausgibt; und nicht ihre Angelegenheit, wofür er seins ausgibt. Die simple Lösung ist für Löwe und Steinbock, ihre finanziellen Angelegenheiten ein für allemal streng getrennt zu halten. Sie wird ihr eigenes Geld verdienen wollen, und er ist einfach total egoistisch, wenn er sich darüber aufregt. Sollte er sein Einkommen mit ihr teilen wollen, wenn sie verheiratet oder sonstwie liiert sind, sollte sie das akzeptieren, so wie es gemeint ist.

Worauf sie sich auch einigen – sie sollte die Freiheit haben, ihr Geld entweder auszugeben oder anzulegen, und jede Nacht die Zinsen von ihren Ersparnissen ausrechnen dürfen, wenn ihr das Spaß macht, ohne von seinen Lektionen über Geiz malträtiert zu werden. Ebenso sollte er die Freiheit haben, sein Geld den Armen zu schenken, extravagante Geschenke zu kaufen, ein paar Scheine für einen Traum oder eine verlorene Sache hinzublättern, oder das Holzfeuer in eisigen Winternächten damit zu entfachen, wenn das ihn glücklich macht – ohne die gestrengen Blicke ihres Mißfallens erdulden zu müssen. Das ist die einzige Möglichkeit. Geldgier tötet die Liebe.

Ihre sexuelle Beziehung hängt, da ihre Naturen so verschieden sind, von den Aspekten zwischen Sonne und Mond, ihren Aszendenten oder anderen Planeten in ihren Horoskopen ab. Sind diese ungünstig, mag er meinen, daß sie seinen Hunger nach Zuneigung und Gefühl während ihrer körperlichen Vereinigung nicht erwidern kann – und sie mag unfähig sein, ihre Liebe im sexuellen Bereich auszudrücken, wenn er ihr das Gefühl gibt, ihm nicht zu genügen, indem er Fehler in ihrem sexuellen Verhalten findet, das ihm nicht feurig genug erscheint – was alles in allem das doppelt unglückliche Resultat zeitigt: ihr das Herz zu brechen und ihre Gefühle einzufrieren.

Wenn die Planeten, Sonne und Mond mit eingeschlossen, unter einem harmonischen Aspekt zwischen den Horoskopen von Löwe-Mann und Steinbock-Mädchen stehen, kann ihre Sexualität zu einer andauernden Ekstase werden, vorausgesetzt, er läßt ihre von Saturn gezügelten Gefühle sich langsam entfalten, was ganz einfach möglich ist, wenn er sie lehrt, ihm zu vertrauen. Dann wird ihre sexuelle Beziehung die neue und aufregende Dimension von Zärtlichkeit gewinnen, und er wird mit dem Wissen belohnt werden, daß er die unvermutete Tiefe ihrer latenten Leidenschaft entdeckt und geweckt hat, die sie von da an nur noch mit ihm wird teilen wollen. Es gibt keinen wohltuenderen Balsam für einen Löwen, als zu wissen, daß er allein das Geheimnis der Sexualität seiner Frau besitzt, einen Teil ihres innersten Ich, das sie niemandem bis dahin offenbart hat – nur ihm.

Sie sollte eine kleine Karte in ihr Sparbuch legen (die sie sicherlich sehr häufig lesen wird), mit den Worten: »Ersticke seinen Enthusiasmus und seine Großzügigkeit nicht mit übertriebenen Pessimismus oder unnötigen Warnungen, und verletze nie seine Würde und seinen Stolz mit kalter Kritik, die er als ein Zurückweisen interpretieren könnte.«

Er sollte eine kleine Karte an den Spiegel in seinem Wagen stecken (die er sicherlich sehr häufig zu sehen bekommt), mit den Worten: »Sei freundlich und zuvorkommend zu ihrer Familie, halte ihr keine Moralpredigten, und geh gefühlvoll mit ihrem sanften Herzen um. Begreife, daß ihre vorsichtige Zurückhaltung der inneren Angst vor Armut und Einsamkeit entspringt. Vergiß nicht, daß sie noch mehr aufrichtige Anerkennung und Komplimente braucht als du selbst, und vergiß nicht, daß sie nur vorgibt, Gefühle und Zärtlichkeiten nicht ausstehen zu können.«

Die Löwe-Wassermann Beziehung

Der Löwe hält sich in seiner Beziehung zum Wassermann für den einzigen, der Verantwortung übernehmen kann. So ist jedenfalls die Einstellung jedes Löwen und jeder Löwin, die an Wassermann-Projekten aller Schattierungen und Ausmaße, größeren oder kleineren, teilnehmen. Der Löwe will führen, will, daß seine Überlegenheit anerkannt und geschätzt wird, man ihn respektiert und verehrt.

Normalerweise stört das den typischen Wassermann nicht im geringsten. Er ist wahrhaftig nicht ernsthaft daran interessiert, den großen Anführer zu spielen. Er ist vielmehr mit großen Erfindungen und der Durchsetzung seiner Ideale beschäftigt. Die Wassermänner und Löwen teilen die zweifelhafte Auszeichnung, in einem festen Zeichen geboren zu sein. Das bedeutet, sie sind so störrisch wie übertrieben halsstarrig, und sie geben ihre Positionen auch nicht um den Bruchteil eines Zentimeters auf, wenn sie glauben, im Recht und zu einer Meinung oder Handlung berechtigt zu sein. Beide, Löwe wie Wassermann, lieben Überraschungen. Beide sind progressiv gesinnt, beide sind großzügig und edelmütig; beide helfen den Unterdrückten und machen sich zur Stimme der schweigenden Mehrheit. Beide sind meist groß von Wuchs und stattlich (oder schön). Beide sind hochintelligent, freundlich, ziemlich gesellig und faszinierende Redner. Beide beschützen die Schwachen – beide lieben und respektieren die Natur.

Nichtsdestotrotz stehen diese beiden Sonnenzeichen sich im Tierkreis genau gegenüber, in Opposition. Der eine besitzt, was dem anderen fehlt, und der bringt es nicht über sich zuzugeben, was er braucht. Normalerweise. Was besitzt der Löwe, was dem Wassermann fehlt? Menschliche Wärme. Ein gewisses Gefühl für Würde. Beständigkeit und Zuverlässigkeit.

Was besitzt der Wassermann, was dem Löwen fehlt? Ich weiß, es ist schwierig, sich vorzustellen, daß dem Löwen irgend etwas fehlen könnte. Allein, da ist eine Gabe, die sie nicht besitzen – die Demut, zuzugeben, sie könnten einen oder zwei geringfügige Fehler haben, zuzugeben, es könnte hier und dort unter ihren glänzenden, positiven Charaktereigenschaften und Vorzügen eine Untugend sein. Kurz, sie sind nicht übermäßig begabt mit der Fähigkeit, einen Irrtum einzugestehen oder Kritik dankbar anzunehmen.

Der Löwe würde sehr gut daran tun, ein wenig von der Demut des Wassermanns anzunehmen, von seiner Objektivität, Kritik betreffend, und von seiner rührenden Bereitschaft, seine Unzulänglichkeiten einzugestehen. Sagen Sie den Wassermännern, sie seien alle Genies, und sie werden, vollkommen unbeeindruckt, die Achseln zucken. Sagen Sie einem Wassermann, er sei verrückt, und der Wassermann wird zustimmend nicken, ganz begeistert von der Analyse – und wird keineswegs beleidigt sein. Schmeichelhaftes Lob wird gewöhnlich zum einen Ohr hinein- und zum anderen wieder hinausgehen.

Andererseits würde der Wassermann sehr viel gewinnen, wenn er ein wenig von der heiteren und warmen Gutmütigkeit des Löwen in persönliche Beziehungen hinübertragen könnte (ein Wassermann kann zeitweise ziemlich kühl sein, sogar denen gegenüber, die er liebt), indem er der Zuverlässigkeit des Löwen nacheifert (es würde einfach angenehm sein, wenn man sich beim Wassermann auf das verlassen könnte, was er hoch und heilig versprochen hat) und indem er sich eine Spur von der Ausgeglichenheit und Würde des Löwen aneignet.

Da Löwe und Wassermann beide unter den Zeichen des »festen Organisators« geboren sind, sollten sie organisatorische Verantwortung, für ein Geschäftsunternehmen beispielsweise, teilen. Sie sollten beide etwas von ihren festen Standpunkten abgeben und trotzdem feste Ziele im Auge behalten. Allein – obgleich der Löwe kein Kardinalzeichen mit Führungsanspruch ist (er ist ein Organisator), muß er das Organisieren zumindest lenken – in gewisser Weise wird das gewaltige Geltungsbedürfnis des Löwen dadurch befriedigt. Geben Sie dem Löwen nur den Titel. Das genügt.

Dann wird der Wassermann entdecken, daß er weder auf dieser Erde noch in irgendeiner anderen Galaxis des Sonnensystems der Vergangenheit, Gegenwart oder Zukunft einen schöpferischeren, intelligenteren, mutigeren und treueren »Kumpel« finden wird als den Löwen. Es lohnt sich für den Wassermann wirklich, ein wenig Flexibilität zu zeigen, um für immer einen solchen Freund zu gewinnen.

Löwe-Frau – Wassermann-Mann

Löwe und Wassermann stehen sich im Tierkreis genau gegenüber. Sie sind gegensätzliche Persönlichkeiten und beeinflußt von der sich zunächst gegenseitig anziehenden, dann sich abstoßenden 7:7-Sonnenzeichen-Kombination. Die Löwe-Frau sollte ihn nicht beneiden, sondern den Eigenschaften nachzueifern versuchen, die er besitzt und die ihr fehlen, und die sich anzueignen nur zu ihrem Besten wäre. Genauso sollte der Wassermann-Mann einsehen, daß sie Tugenden besitzt, die seine Persönlichkeit auszeichnen könnten, wenn er sich nur ein wenig mehr anstrengen würde, um sie zu erwerben.

Die meisten Löwinnen halten Distanz zu Wassermann-Frauen, aber eine Löwe-Frau kann unglaublich stark von einem Wassermann-Mann angezogen werden. Er akzeptiert Leben und Menschen so mühelos, wie sie es gern tun würde. Im geheimen weiß sie, daß ihr falscher Stolz allzu oft ihre wahre innere Wärme verbirgt, und manchmal wünschte sie, sie könnte sich freimachen und eintauchen in überschwengliches Entzücken, ohne sich darum zu kümmern, was andere womöglich von ihr denken – so wie er das eben tut. Sie beneidet ihn um seine Fähigkeit, sich vollkommen frei auszudrücken, objektiv und leidenschaftslos zu urteilen. Ihre eigenen Leidenschaften, obgleich gewöhnlich kontrolliert, beherrschen bisweilen ihre Vernunft, was sie später dann bedauert.

Der Wassermann-Mann hat immer daran herumgerätselt, warum er mit Löwe-Männern offensichtlich nicht befreundet sein kann. Darüber hinaus ergibt sich hier, in der Beziehung zu dieser Löwe-Frau, diesem stolzen und eisig-zurückhaltenden Wesen, der verwirrende Widerspruch, daß gerade sie ihn sich verwundert fragen läßt: könnte da nicht ein wenig mehr als nur rein intellektuelle Verständigung möglich sein? Wider seinen Willen hat sie ihn auf die Liebe neugierig gemacht und ihn veranlaßt zu überlegen, daß es möglicherweise vollkommen falsch war, Gefühle als »Kinderkram« abzutun, nicht wert, einen erwachsenen Mann in Verwirrung zu stürzen. Schließlich und endlich hat er sich unwiderstehlich dazu gedrängt gefühlt, ein Teil von ihr zu werden, und das war eine neue Erfahrung für sein Herz, von seinem Körper ganz abgesehen.

Oft ist ein Wassermann überschwenglicher und zärtlicher zu seiner Frau, als irgend jemand, er selbst mit inbegriffen, es für möglich gehalten hätte. Genau wie die Löwin oft entdeckt, daß sie sich an der körperlichen Liebe mit dem Wassermann, der ihr Herz erobert hat, erfreuen kann, ohne königlich stolz einen Teil von sich selbst zurückzuhalten, aus Furcht, dann würdelos zu erscheinen und dadurch auch ihre Selbstachtung zu verlieren, die sie so dringend braucht, um ihre Identität in ihren eigenen Augen, geschweige denn in den Augen der Welt, zu bewahren. Sie fühlt, dieser Mann wird nicht lächeln oder zu ihr hinunterschauen, wenn sie während ihres Beisammenseins ganz sie selbst ist. Und so kann ihre sexuelle Harmonie ein starkes Band zwischen ihnen bilden.

Obgleich eine glückliche sexuelle Harmonie eine phantastische Grundlage für die Liebe zwischen jedem Mann und jeder Frau darstellt, ist Sex allein nicht genug, um ein andauerndes Glück zu gewährleisten. Diese beiden müssen Kompromisse und Zugeständnisse in ganz anderen Bereichen ihres Miteinanders schließen, oder ihre Leidenschaft wird langsam zu Eis werden – und seine zärtliche und spontane Antwort auf ihre Wärme und heitere Veranlagung wird sich umkehren in ein für den Uranus typisches, apathisches Desinteresse.

Eine Löwe-Frau muß unbedingt von Zeit zu Zeit Komplimente bekommen und immer wissen, daß sie von dem Mann, den sie liebt, auch geschätzt wird. Eine Löwin, die nach Liebe und Verehrung ausgehungert ist, ist so bemitleidenswert (und schließlich auch gefährlich) wie eine Löwin in der Natur, die sich hungrig auf Nahrungssuche herumtreibt. Hunger ist Hunger, und Hunger kann die Menschen zwingen, sich äußerst seltsam zu benehmen. Der Wassermann neigt von Natur aus dazu, mit der Frau, die er leidenschaftlich liebt, Ratespiele zu spielen. Er macht Andeutungen. Er gibt Hinweise. Er lädt sie in sein Innerstes ein (dorthin, wo die meisten Menschen das Schild »Eintritt verboten« vorfinden), und er denkt, das sollte sie überzeugen, wie wichtig sie ihm ist – daß er sie nötiger braucht, als er ausdrücken kann. Aber es will nicht funktionieren. Sie liebt keine Ratespiele. Sie wird ungeduldig bei Spitzfindigkeiten, denn sie ist direkt und versteckt sich nicht. Möglich, daß er sie in der Tat notwendiger braucht, als er ausdrücken kann, aber er muß eben lernen, dies auszudrücken, wenn er sie behalten will. Das wird nicht leicht sein, denn Komplimente und Schmeicheleien fallen dem typischen Wassermann gewöhnlich ziemlich schwer. Er fühlt sich außerstande, seine innersten Gefühle und Gedanken in Worte zu kleiden. Es fällt ihm leichter, sie in einem Scherz oder einem Nonsense-Vers auszudrücken. Möglich, daß er ihr ein Gedicht schreibt oder ein Lied für sie verfaßt, aber ein direktes, persönliches, romantisches Erklären bringt ihn in – bisweilen sogar quälende – Verlegenheit.

Sie muß sich schon ein wenig anstrengen, um sich bewußt zu machen, daß dieser Mann, auf eine nicht vorherzusehende, exzentrische Art und Weise, eine besondere Spezies Mensch ist. Er verschenkt seine Liebe nicht beiläufig. Die Tatsache allerdings, daß er einmal »Ich liebe dich« gesagt hat, muß ihr zu verstehen geben, daß es ihm ernst um ihre Verbindung ist. Sie sollte ihn nicht zwingen zu wiederholen, was er für bedeutungslose Erklärungen hält, falls diese die Echtheit seiner Sehnsucht zu beweisen hätten. Für ihn gilt, was einmal gesagt worden ist – und zwar solange, bis es wieder zurückgenommen wird. Eine Feststellung, eine Handlung, eine Idee, was auch immer zu wiederholen, erscheint diesem Mann, der sich mit dem, was vor ihm liegt, und nicht mit dem, was hinter ihm liegt, auseinandersetzt, als entsetzliche Zeitvergeudung.

Die Löwe-Frau mag Zweifel an der Charakterfestigkeit ihres unsteten, exzentrischen und unkonventionellen Wassermanns haben – gut, er mag ein bißchen verrückt sein, aber das ist es, was ihn davor bewahrt, in einer Welt, die wirklich außer Rand und Band ist, wahnsinnig zu werden. Wenn sie eine Weile darüber nachdenkt, wird sie verstehen. Und ihr heiteres Lächeln wird zurückkehren. Gerade rechtzeitig genug. Er hat da draußen gefroren, allein, ohne sie. Aber er hätte ihr das niemals eingestanden. Er hätte sich einfach umgedreht und wäre fortgegangen, tapfer ein einsames Lied vor sich hinpfeifend, um vorzutäuschen: es macht mir überhaupt nichts aus. Später würde er sich gewundert haben, daß sie ihn geistesabwesend nennt, denn er kann sich nicht erinnern, ihr jemals zu ihrem Geburtstag oder zu ihrem Hochzeitstag ein Geschenk gebracht zu haben. *Sie* ist diejenige, die vergessen hat – daß er ihr einst gesagt hat, er liebe sie.

Löwe-Mann – Wassermann-Frau

Ein Löwe wird von der sonderbaren Art und Weise der Wassermann-Frau, sich auszudrücken und sich zu verhalten, genauso überrascht und verwirrt sein wie jeder andere »gewöhnliche« Mann auch. Aber seine Reaktion darauf wird »typisch Löwe« sein. Er wird nämlich so tun, als hätte er gar nichts bemerkt. Offenes Zugeben von Verwirrung könnte Schwäche anzeigen, und so wird er auf ihre Überspanntheiten, ohne Aufhebens zu machen, ganz ruhig und gelassen und ziemlich wohlwollend (fast ein wenig gönnerhaft) reagieren.

Wenn sie einen Kuß einen Fingerhut zu nennen wünscht, dann wird er das eben auch tun. Und seine träge Natur wird so überzeugend wirken, daß sie niemals auf die Idee kommt, daß es ihn im ersten Augenblick umgeworfen hat, bis er sich dann von selbst wieder fängt. Ein Löwe kann niemals zugeben, daß etwas ihn unvorbereitet getroffen hat, schon gar nicht »umgeworfen«.

Er wird all die ausgefallenen, um nicht zu sagen verrückten, Dinge, die sie tut, »blasiert« verfolgen. Spontane Überraschung zu zeigen, ist unter seiner Würde. Das könnte bedeuten, daß es Dinge gibt, die er nicht kennt – und da ein Löwe alles kennt, wie könnte ihn da logischerweise etwas überraschen??

Aber diese Frau kann ihn überraschen, ob er es nun zeigt oder nicht. Sie verblüfft ihn immer wieder. Er ist niemals zuvor einem ihr auch nur annähernd ähnlichen Menschen begegnet. Sie bricht alle Regeln, folgt nicht vorhersehbaren Verhaltensweisen und gibt ihm immer wieder neue Rätsel auf. Natürlich wird sie die Tatsache, daß er sich weigert zuzugeben, sie sei eine fortwährende Herausforderung, nur noch mehr beflügeln, neue Möglichkeiten ausfindig zu machen, um ihn zu schockieren – um zu beobachten, wie er sich ausnimmt, wenn sein Gleichgewicht erschüttert ist. Es fasziniert sie, daß ein Mann so unberührt bleiben kann, so träge, so selbstsicher, so vollkommen immun gegen jedes Überrumpeltwerden. Immer kühn, immer auf der Lauer. Immer wittert er auch die geringste Gefahr, die seinem Wohlbefinden oder seinem Stolz drohen könnte, und ist bereit zu brüllen, noch ehe die Gefahr ihn überhaupt erreicht hat. Vielleicht verdient der Löwe wirklich, König des Tierreichs genannt zu werden.

Sie kann nicht anders, als ihn bewundern, aber das hält sie keineswegs davon ab, an seiner Gelassenheit zu rütteln, seine Würde zu untergraben und sein königliches Verhalten auf die Schippe zu nehmen. Sie weiß, daß er ein Feuerzeichen ist, und sie weiß, es schwelen gewaltige Feuer irgendwo unter seiner scheinbar mühelosen Selbstbeherrschung und seinem würdevollen Benehmen. Sie würde liebend gern die Flammen zum Hervorbrechen bringen, damit man sie auch sehen kann. Das könnte sehr aufregend sein, denkt sie. Es könnte aber auch sehr unklug sein. Er ist kein Kätzchen, er ist ein Löwe, und das ist ein gewaltiger Unterschied.

Jeder, der ihn lächerlich macht, wird umgehend eine eindrucksvolle Lektion erteilt bekommen. Edel, großmütig und zärtlich, oft zuvorkommend und höflich, wird er dennoch seine Autorität behaupten und sich zu den Höhen seiner Sonnenherrschaft emporschwingen, wenn er beleidigt worden ist. Er wird niemals eine Niederlage oder ein Versagen eingestehen. Letzten Endes will er triumphieren. Der Löwe ist nicht grausam

– aber er ist auch nicht demütig, unterwürfig oder zurückhaltend. Er vergeudet seine Energie nicht ohne Grund, und wenn ein echter Anlaß vorhanden ist, hat er die Kraft, seinen Willen durchzusetzen. Auf keinen Fall zieht ein Löwe sich zurück, selbst wenn er seine Gefühle auf Dinge verschwendet, die er eigentlich als zu trivial und seiner Aufmerksamkeit kaum für würdig erachtet.

Dieser Mann und diese Frau stehen unter dem Einfluß der polarisierten 7:7-Sonnenzeichen-Kombination, so daß ihre Ansichten oft einander diametral entgegengesetzt sind – und sie sich oft an den entgegengesetzten Polen des »Gefühlsthermometers« befinden. Da aber jeder von ihnen Eigenschaften besitzt, die der andere nicht hat, können beide voneinander lernen.

Sie kann nicht verstehen, warum er so ausschließlich mit sich selbst beschäftigt ist, während sie sich auf alle möglichen Dinge außerhalb ihrer selbst konzentriert. Seine Eitelkeit bestürzt sie. Auch die Art und Weise, wie er sich gekränkt zurückzieht, wenn ihm nicht die Achtung entgegengebracht wird, die ihm seiner Ansicht nach gebührt. Sie ist bei weitem unbesorgter um ihre Wirkung und um das, was die Leute über sie denken. Sie braucht die Wertschätzung der anderen nicht. Sie achtet sich selbst – und ist das nicht das Wichtigste, was man von sich selbst hält, nicht was andere von einem halten? Das ist eine von den Lektionen, die sie ihrem Löwen beibringen könnte, wenn er seinen Stolz lange genug vergäße, um sich klarzumachen, wieviel glücklicher er sein könnte, wenn er sich der Weisheit einiger ihrer Wassermann-Einsichten beugen würde.

Aber auch sie kann von ihm einige wichtige Dinge lernen. Selbstbeherrschung ist das wichtigste darunter. Die typische Wassermann-Frau scheint nach außen hin nichts als Ruhe, Frieden und Ausgewogenheit zu suchen. Eine Vielzahl von Wassermann-Frauen sind sehr sanft sprechende Damen mit sehr angenehmem Auftreten. Dann plötzlich explodieren sie, ohne die leiseste Vorwarnung oder den geringsten Anlaß, in einer stürmischen Szene, werfen etwas durch den Raum oder durch das Fenster – oder knallen zumindest die Tür zu, sperren sie ab, lassen die Jalousien herunter und spielen für einige Stunden oder einige Tage den Eremiten. Etwas mehr Selbstbeherrschung wäre bestimmt nicht verkehrt.

Da ein männlicher Löwe oft unbewußt mächtige Gefühle (positiver oder negativer Art) mit sexuellem Verlangen verbindet, mag am überraschendsten anmuten, wie ein Streit, sogar ein heftiger, ihr Verlangen füreinander erneuern und in der Befriedigung unausgesprochener Bedürfnisse kulminieren kann. Wie heftig auch ihre Persönlichkeiten in anderen Bereichen zusammenstoßen und miteinander ringen, so können diese beiden beinahe immer auf die Wiederherstellung ihrer Harmonie bauen, wenn ihre sexuelle Begegnung den Löwen in sein eigenstes Löwen-Ich verwandelt und sie nicht länger seine Gegnerin bleibt, sondern seine Gefährtin wird.

Sie werden einander mit verschwenderischen Geschenken und verrückten Überraschungen zu ganz unerwarteten Zeiten überschütten. Sie werden beide erfrischt und inspiriert sein durch Abwechslungen, Reisen und kreative Projekte, die sie zusammen planen. Aber sie muß darauf achten, daß ihre Neigung, massenweise Freunde beiderlei Geschlechts in ihre private Sphäre zu ziehen, ihren Löwen nicht beleidigt. Der Löwe »schwelt« lange, lange Zeit vor Eifersucht, bevor er vor Wut explodiert. Er wird niemals fähig sein, den Drang seiner Frau, sie selbst zu sein, zu unterdrücken. Diese Frau muß ihren Impulsen folgen dürfen und sogar dazu noch ermutigt werden, oder ihre normalerweise liebevolle Natur wird erstickt. Sie ist ein spontaner, freier Geist, wie alle Wassermänner, und diese Uranus-Eigenschaften zu unterdrücken, kann eine ernsthafte Neurose zur Folge haben.

Auch ein Löwe kann neurotisch verdrießlich und mürrisch werden, wenn er nicht die Aufmerksamkeit erhält, die er so notwendig braucht. Ihr Sinn ist auf so viele Dinge gerichtet, daß sie bisweilen vergessen könnte, daß er auch noch da ist. Das sollte sie besser bleiben lassen. Einen Löwen zu oft ignorieren, heißt mit Sicherheit, ihn verlieren.

Die Löwe-Fische Beziehung

Bevor wir in Details gehen, soll gleich zu Anfang als selbstverständlich vorausgesetzt werden: es gibt weder für den männlichen noch für den weiblichen Fisch eine Hoffnung, den Löwen oder die Löwin jemals wirklich zu besiegen. Warum treiben sich aber dann so viele Fische mit Löwen herum? Ganz einfach – wenn schon einer der Besiegte sein muß, dann ist es für einen Fisch alles andere als unangenehm, wenn ein Löwe der Sieger ist – deshalb!

Löwen sind normalerweise dem Besiegten gegenüber großmütig, gönnerhafte Monarchen, denen grausame oder bösartige Absichten fern liegen (obgleich sie sich oft mit ihrer Arroganz dafür entschädigen), und die Fische neigen insgeheim dazu, sich beherrschen zu lassen, solange es mit Zuneigung geschieht, was beim Löwen meistens der Fall ist. Geführt, beherrscht zu werden, macht das Leben leichter. Irgend jemand sagt ihnen, was zu tun ist, und es bleibt ihnen mehr Zeit für ihre Neptun-Tagträume, und sie vertun weniger Zeit mit Entscheidungen, die Verantwortung verlangen. Der typische Fisch ist immer für eine Verbindung zu haben, die ihm genug Raum läßt, frei herumzuschwimmen, während die nächste Reise stromauf- oder -abwärts bereits von jemand gebucht wird, dem solche Dinge Spaß machen. Die Fische haben jedenfalls keinen Spaß daran. Die Aktivitäten, die das Dominieren und Besiegen erfordern, sind bestenfalls ermüdende Beschäftigungen, die viel Energie erfordern und mehr Einsatz, als der Durchschnittsfisch besitzt.

Die Stellung der Sonne beim ersten Atemzug eines Menschen ist der Schlüssel zu dessen wahrem Sein, und zwar aus dem einfachen Grund, weil die Sonne die stärkste Macht in den Himmelsräumen ist und deshalb auch im Horoskop. Außerdem ist die Sonne der Geburtsherrscher des Löwen. So sind wir wieder beim Ausgangspunkt und der Frage nach der Vorherrschaft zwischen Löwe und Fisch angelangt. Ganz gleich, wie Sie die Lage beurteilen, der Löwe wird den Fisch beherrschen.

Wertschätzung und Bewunderung verfehlen niemals, die heitere Veranlagung des Löwen zu stärken, und niemand versteht hinreißender zu bewundern und zu achten als ein Fisch. Umgekehrt verfehlen die warmen Sonnenstrahlen des Löwen nie, die zarte Blüte der Neptun-Persönlichkeit der Fische zum Aufblühen zu bringen, um die man sich sorgsam kümmern muß, und niemand kann wärmeren und rührenderen Schutz gewähren als ein Löwe. Wenn nicht schwerwiegende Konflikte zwischen ihren Mondzeichen, Aszendenten oder Sonne-Mond-Aspekten herrschen, können deshalb beide jeweils das Beste im anderen kräftigen, einer des anderen Wesensart vervollständigen und beide genügend Freude und Stärkung in einer Verbindung finden.

Dies ist sogar eine sehr häufige Kombination, da der Fisch dem Löwen viel Zärtlichkeit und Einsicht vermitteln kann – und der Löwe dem Fisch ein großes Maß an emotionaler und anderer Sicherheit zu bieten hat. Allein, ein Löwe kann einen Fisch auch verschlingen, wenn er das Spiel leid ist. Diese beiden sind von Natur aus eigentlich nicht verträglich, und müssen deshalb auf Harmonie hinarbeiten. Der Löwe fühlt sich im heißen, dampfenden Dschungel zu Hause – und der Fisch im kühlen, schattigen Wasser. Das sind grundlegende Unterschiede, und einer von ihnen muß seine, symbolisch gesprochen, angestammte Umgebung aufgeben, wenn sie zusammenbleiben wollen.

Die 6:8-Sonnenzeichen-Kombination von Löwe und Fisch hat alle Voraussetzungen, eine befriedigende Verbindung zu werden – mit all dem Reiz, die äußere Kraft für innere Kraft hat. Da der Fisch einen geistigen Adel besitzt, der sich mit dem äußeren Adel des Löwen messen kann, werden sie, wenn sie es versuchen, in jeder Lebenslage gut miteinander auskommen, ob geschäftlich, ob als Freunde, als Familienangehörige oder Eheleute.

Die meisten Fische haben Schwierigkeiten, wenn sie entscheiden müssen, was sie eigentlich tun oder sein wollen. Sie hören nur zu geflissentlich auf beinahe jedermanns Rat, befolgen ihn für kurze Zeit – oder tun gar nichts. Und genau da fangen die Schwierigkeiten an. Dem Löwen muß man gehorchen, oder er wird sich erbärmlich fühlen.

Oft sieht sich der Fisch zwei Möglichkeiten gleichzeitig gegenüber, die ihn beide gleich mächtig anziehen und verlocken. Der Löwe sollte den Fisch sich in beiden austoben lassen, wenn nötig, denn der Fisch braucht Zeit und die Freiheit, Erfahrungen selbst zu machen – als einen Weg, zu sich selbst zu finden.

Ein Fisch sollte, in welchem Verhältnis zum Löwen er auch immer steht, im Auge behalten, daß aufrichtige Anerkennung das wilde Tier eher zu besänftigen vermag als Trotz, Tränen oder Stillschweigen. Und der Löwe sollte nicht vergessen, daß Höflichkeit der wirkungsvollste Köder ist, um den sensiblen Fisch anzulocken, und majestätisches Brüllen den Fisch nur veranlaßt, zitternd mit den Flossen zu flattern und nach Atem zu ringen.

Der Löwe wird die Kontrolle über das Geld fordern (oder zumindest erwarten), da er ein geborener Organisator ist. Aber der Löwe ist auch extravagant. Der Fisch ist oft überraschend gut in kniffligen Finanzdingen, aber er hat nicht wirklich grundsätzlichen Respekt vor Geld. So wäre es besser, wenn sie sich abwechselnd mit der Haushaltskasse befassen würden.

Selten wird ein Fisch eine Konfrontation mit wirklicher Angriffslust durchfechten. Neptun-Männer und -Frauen tauchen lieber in heimlicher Ungewißheit unter. Flucht wird unausbleiblich die endgültige Lösung und letzte Handlung sein. Ein Fisch ist schwer zu fassen.

Löwen, die in Harmonie und Frieden mit Fischen leben wollen, müssen ihnen helfen, einen Weg zu finden, die von Neptun verursachte Dualität ihres Wesens in Einklang zu bringen. Der Fisch braucht eine Hand, die ihn festhält, damit nicht unsichtbare Gefahren hervorbrechen und ihn, ohne Vorwarnung, pakken. Der Löwe beschützt. Der Fisch bewundert ihn – mit rührender Dankbarkeit.

Löwe-Frau – Fische-Mann

Sie denken sicher, die kühle und majestätische Haltung einer typischen Löwin gegenüber Fremden, die ihre Hand oder ihr Herz suchen, müßten einen männlichen Fisch abschrecken, noch ehe diese Frau eine Gelegenheit hat, ihn zu fangen. So denken Sie. Aber wenn Sie so denken, dann haben Sie wohl vergessen, daß diese Dame auch eine andere Seite hat. Eine Löwe-Frau kann, wenn es ihr behagt, es zu tun, eine helle und ausgelassene Atmosphäre um sich verbreiten, so warm und wohltuend wie ihr Geburtsherrscher, die Sonne.

Es gibt für den Fische-Mann vielerlei Möglichkeiten, der Löwe-Frau zu beweisen, daß er ihre Achtung und ihren Respekt verdient. Er kann vor ihr sein angeborenes Neptun-Talent für Musik und Dichtkunst entfalten, wovon sie äußerst entzückt sein wird. Aber vor allem darf er niemals ihre königliche Natur verletzen, indem er in einer ungehobelten, groben, respektlosen Art und Weise spricht oder sich benimmt.

Eine Löwe-Frau wird sich niemals einem Mann unterwerfen, der ihr nicht ebenbürtig ist, dem es nicht zusteht, sie zurechtzuweisen, wenn es nötig wäre. Noch wird sie sich für immer in einen Mann verlieben, für den sie sich bei ihren Freunden entschuldigen muß, der sie demütigt und verletzt, sei es öffentlich oder privat.

In der Tat hat der Fische-Mann eine echte Chance, dies schneller zu begreifen als die meisten anderen Männer, nicht nur, weil er sich für vornehm hält, sondern weil noch nie ein Fisch geboren worden ist, der nicht eine ungewöhnliche Fähigkeit besitzt, auch das wildeste Tier durch eine Mischung von höflicher Leidenschaft und passivem Widerstand zu zähmen. Zudem ist er ein unwahrscheinlich guter Zuhörer, und bei dieser Frau werden seine aufmerksamen Ohren mehr als genug zu tun haben. Eine Löwe-Frau liebt nun einmal Zuhörerschaft, und ein Fische-Mann zeigt sich von der besten Seite, wenn er diese Rolle spielt, aus einer ursprünglichen Faszination für die Spiele der menschlichen Natur heraus, die auf den Bühnen der Liebe und des Lebens dargeboten werden.

Wenn ihm gelegentlich ein Fauxpas in Anwesenheit Ihrer Hoheit passieren sollte, braucht er nicht zu zittern und eine Exekution zu erwarten. Denn wahrhaftig ist eine der liebenswertesten Eigenschaften der Löwe-Frau ihre Fähigkeit, voller Gnade jenen zu vergeben, die aufrichtig um Verzeihung bitten. Sie ist von so heiterer Natur und strömt so viel Wärme aus, daß einfach schon ihre Anwesenheit die Menschen um sie herum glücklich macht. Wenn man ihr den Respekt zollt, den sie fordert, dann blüht sie auf. Aber sie erstarrt in eisigem Stolz, wenn ein Liebhaber oder Ehemann sie kommandieren will. Und das versucht ein Fisch auch meist überhaupt nicht. Dieser Mann neigt viel eher dazu, seine Löwe-Königin mit Charme, Witz, Intelligenz und einem erstaunlich großen, intuitiven Verständnis für ihre Stimmungen zu umwerben.

Eine Löwe-Frau stellt bisweilen wirklich unmögliche Forderungen in ihrem Verlangen, sich nur einem Mann hinzugeben, der sich einerseits jedem ihrer Einfälle unterwirft und andererseits genügend Intelligenz und Selbstsicherheit besitzt, um sich jederzeit als ihr ebenbürtig zu erweisen. Das ist ein zweifaches Kunststück, aber der von Neptun regierte Mann hat die beste Chance, dieses Kunststück fertigzubringen.

Ist einmal die erste Verliebtheit vorüber, werden beide beginnen, die Unterschiede zwischen ihren Feuer- und Wasserzeichen zu erkennen, welche sich nicht ohne die Gefahr mischen, sich gegenseitig auszulöschen und zu vernichten. Seine Wasser-Natur verlangt nach viel Zeit zum Nachdenken in Einsamkeit, und so findet er die Extrovertiertheit der Löwin in seiner empfindsamen Einstellung bisweilen als unerträglich. Ihre feurige Natur ist geselliger und verlangt nach dramatischen Auseinandersetzungen, auf daß sie sich küssen und wieder vertragen können, weshalb seine Weigerung, sich mit ihr zu unterhalten, wenn *sie* möchte, der Harmonie abträglich sein wird. Sein Rückzug in Trotz, wenn seine Stimmung gründlich zerstört worden ist, entspricht ihrem stolzen Schmollen, wenn ihre Pläne vereitelt wurden oder man sie ignoriert hat.

Einer der häufigsten Anlässe für Konflikte ist seine natürliche Abneigung, ihr jeden persönlichen Gedanken mitzuteilen. Ein Löwe will immer alles wissen – wer dürfte auch Geheimnisse vor einer Königin haben? Er schon. Und er hat sie des öfteren. Dann wird sie wütend, bis er aufgibt und nachgibt. Ein Fisch sollte sich hüten, der Löwin zuviel Freiheiten zu lassen, oder sie wird sie gegen ihn ausspielen.

In einer Liebesbeziehung wie dieser, wo die Frau in einem männlichen Sonnenzeichen geboren ist, und auch von der männlichen Sonne selbst regiert wird, womit sie unter einem doppelten männlichen Einfluß steht – und der Mann in einem weiblichen Sonnenzeichen geboren ist, und auch von einem weiblichen Planeten, dem Neptun, regiert wird, womit er unter einem doppelten weiblichen Einfluß steht – müssen die beiden Liebenden bewußt und beständig darauf achten, die gefühlsmäßige Balance zwischen sich zu bewahren.

Weiblich heißt weder »schwächlich« noch »weibisch, verweichlicht«. Doch kann ein doppelt weiblich beeinflußter männlicher Fisch möglicherweise zuviel Passivität zeigen. Genauso heißt männlich weder »aggressiv« noch »zudringlich, aufdringlich«. Doch kann eine doppelt männlich beeinflußte Frau zu viel Energie und Kraft zeigen – und dadurch das Gleichgewicht einer Beziehung stören.

Die Herausforderung, eine Löwe-Frau zu lieben und wiedergeliebt zu werden, beansprucht alles Wissen vom menschlichen Herzen, mit dem der Fische-Mann begabt ist. Die Löwin ist eine beunruhigende, verwirrende Mischung aus Kälte, majestätischer Würde und Wärme, unbekümmerter Ausgelassenheit und Großzügigkeit. Sie kann ermüdend arrogant sein und zugleich ungewöhnlich loyal. Sie schüttelt ihre prächtige Löwenmähne mit einem fröhlichen Lachen und bricht dann in Tränen aus, weil ihr Stolz verletzt worden ist – und all das mit geschmeidiger, katzenartiger Anmut.

Die Herausforderung, einen Fische-Mann zu lieben und wiedergeliebt zu werden, beansprucht die ganze Wärme und Weisheit, mit der eine Löwe-Frau gesegnet ist. Er wird auf ihre Liebe mit Neptunscher Gelassenheit und eisiger Objektivität reagieren, wenn sie darauf beharrt, in seine Geheimnisse oder seine

Einsamkeit vorzudringen. Er ist höflich, und er dient bereitwillig, mit ungewöhnlicher Demut des Geistes, wenn er nicht von ihren rasenden Eifersüchteleien und fortgesetzten zänkischen Lektionen aufgerieben wird.

Da die Löwin oft zu viel falschen Stolz besitzt und ihr Fische-Mann so wenig, kann er leicht und höflich ihre häufig ungerechten Gefühle besänftigen. Da der Fisch so wenig Selbstvertrauen besitzt und seine Löwin so viel, kann sie vorsichtig seine geheimen, innersten Ängste beruhigen.

Löwe-Mann – Fische-Frau

Natürlich unterwirft sich nicht jede Fische-Frau den Befehlen ihres Löwe-Mannes oder -Liebhabers, aber die meisten Fische-Frauen haben zumindest einen gesunden Respekt vor dem Löwen und sind nicht übertrieben versessen darauf, sein Gebrüll herauszufordern, auch nicht die Fische-Frauen mit Mond oder Mars im Widder.

Die typische Fische-Frau, die mit einem Löwe-Mann verbunden ist, weiß intuitiv, daß sie sich Seiner Hoheit unterwerfen muß. Sie weiß es, ganz gleich, was sie sagt und ungeachtet der Ratschläge, die sie von wohlmeinenden Freunden bekommt. Der Fisch ist zu erfahren in den Möglichkeiten des menschlichen Herzens, um Methoden anzuwenden, die einer entstehenden Zuneigung höchstens schaden könnten.

Der Löwe ist sehr gefühlsbetont und ein unheilbarer Romantiker. Nur ein Stier kann noch sentimentaler, noch romantischer als der Löwe sein. Und so kann der verliebte Löwe anfangs zu anbetender Unterwerfung in der Begegnung mit der reinen Weiblichkeit der Fische-Frau verführt werden. Aber diese Kapitulation ist nur eine vorübergehende. Der Löwe wird niemals für immer auf den Thron verzichten, auch nicht freiwillig sein Zepter abgeben.

Selten wird diese Frau versuchen, einen Mann zu führen oder zu drängen. Sie wird ihn viel eher sanft und eindrücklich zu überreden suchen, mit einer sehr subtilen Art von Schmeichelei. Führt das zu nichts, mag sie zu eisigem Schweigen Zuflucht nehmen, das heimliches Verletztsein ausdrückt, was den viel offenherzigeren Löwen dann zu Wutanfällen der Enttäuschung treiben kann. Sie wird besser mit den feinen Schmeicheleien fahren, oder es wird eben zu hitzigen Zornes- und wasserreichen Tränenausbrüchen kommen.

Ein Löwe neigt dazu, seine Liebespartnerin beinahe zu einer Göttin zu idealisieren, und erwartet dann auch von ihr, daß sie ihr Leben dieser seiner Vorstellung gemäß einrichtet. Es ist schwierig für ihn, in seiner Frau eine ganz individuelle Persönlichkeit zu erkennen. Statt dessen betrachtet er sie als ein Spiegelbild seiner selbst, als sein hinreißendes Ideal, und veranlaßt sie dadurch manchmal zu verzweifeln, weil sie sich kaum jemals fähig glaubt, auf dem Podest verharren zu können, auf das er sie gestellt hat.

Wie alle Feuerzeichen neigt der Löwe zu dramatischen Auftritten und besitzt gewöhnlich die glückliche Fähigkeit, seine Gefühle mit großem Gehabe auszudrücken. Fische können sich nicht annähernd so leicht ausdrücken, und nach wiederholten Versuchen geben sie möglicherweise auf und wählen den Weg des geringsten Widerstandes – nämlich Flucht.

Ein Bereich, in dem wohl kaum Konflikte zwischen diesen beiden auftauchen werden, ist der Schlaf. Die, die sich mit solchen Dingen beschäftigen, behaupten, daß der Löwe in der Natur draußen siebzehn von vierundzwanzig Stunden einfach verschläft. Beinahe dieselbe Behauptung kann auch für den Menschen-Löwen aufgestellt werden. Was die Fische-Frau betrifft, so zählt auch sie nicht zu den Typen, die bei Tagesanbruch aufstehen. Sie lieben beide den Schlaf.

Die Redensart vom »kalten Fisch« hat sich in die Sprache nicht ohne Grund eingeschlichen. Der Fisch in der Natur ist weder ein warm- noch ein heißblütiges Geschöpf. Das heißt aber nicht, daß die Fische-Frau frigide ist – nur, daß sie möglicherweise dem leidenschaftlichen Feuer des Löwen nicht so fortdauernd entsprechen kann, wie der Löwe es gerne möchte – oder fordert. Aber der Löwe muß in der Sexualität Sinnlichkeit mit Romantik verbinden können, und die Fische-Frau wird für genügend Romantik sorgen. Sie kann in ihre intimen Augenblicke eine fast mystische, transzendente Qualität einbringen.

Eifersucht ist zwischen Ehegatten und Liebespaaren dieser Kombination etwas ganz Alltägliches. Die typische Fische-Dame liebt es, ein bißchen zu flirten, und der Löwe brüllt natürlich mächtig beim leisesten Anzeichen, daß ein Rivale ein Auge auf seine Dame (in seinem »Revier«) geworfen haben könnte. Von ihr wird er selbstverständlich erwarten, daß sie seine Schäkereien mit dem anderen Geschlecht, die von seiner Eitelkeit und seiner Sucht nach Bewunderung verursacht werden, übersieht.

Die Skala der Fische-Frauen reicht vom männermordenden Vamp bis hin zur treuen und ergebenen Frau, die ganz und für immer nur einem Mann gehört. Auch besteht kein Zweifel, daß die Skala der Löwe-Männer vom Casanova-Typ, der sich mit mehreren sexuellen Eroberungen pro Woche brüstet, bis hin zu einem edlen Löwe-Ehemann reicht, der sein Eheweib in den Himmel hebt und ihr treu ergeben bleibt. Treulosigkeit wird den Löwen zur Raserei bringen und den Fisch tief verletzen. Eine Fische-Frau und ein Löwe-Mann können sich gewöhnlich durchaus mit ihren gelegentlichen Flirtereien messen, wohingegen ein Widder oder Skorpion beiderlei Geschlechts ein vertrauliches Lächeln als einen ebenso quälenden Akt von Untreue empfinden, wie einen tatsächlichen Seitensprung.

Die Fische-Frau ersehnt und braucht die völlige gefühlsmäßige Hingabe und die Empfindung mystischer Einheit im sexuellen Vollzug der Liebe, zusammen mit einer Spur von Mysterium. Der Löwe-Mann sucht nach realerer, greifbarer Erfüllung – nach Wärme, Zuneigung und Leidenschaft. Er muß sein Gefühl auch in überschwenglichen Worten äußern dürfen, vor und nach dem Liebesakt.

Beide, Löwe und Fisch, brauchen gefühlsmäßige (nicht unbedingt räumliche) Freiheit, und zwar sehr viel davon. Je mehr von diesem unschätzbaren Recht sie einander großzügig einräumen, um so enger werden sie sich aneinanderschließen. Aber Freiheit muß immer von Vertrauen und Treue begleitet sein – oder sie wird Flucht auf der einen Seite und schreckliche Qual auf der anderen Seite nach sich ziehen.

Die Löwe-Widder Beziehung

Vor dem Symbol des Sonnenzeichens Löwe hat fast jeder Respekt. Was die Widder betrifft, so werden sie die reinsten Lämmer, wenn sie erst einmal (beim Löwen) die noblen Freuden der Unterwerfung kennengelernt haben. Die Persönlichkeit des Widders muß sich der Majestät des Löwen beugen und fügen, denn die Löwin und der Löwe sind zum Führen geboren, zum Herumkommandieren, sie sind geboren, um an der Spitze zu stehen – sie sind zur Freiheit geboren! Und das heißt, daß sie frei von jeglicher Bevormundung sein müssen, sei es durch die Regierung, das Finanzamt, Vorgesetzte, Lehrer, Nachbarn, Freunde, Verwandte, Astrologen – und vor allem durch aufdringliche Widder. Die Widder-Hälfte in dieser Beziehung muß sich mit dem Bewußtsein begnügen, daß sie oder er es mit jedem anderen Sonnenzeichen aufnehmen kann und gewinnt . . . (allerdings vielleicht nicht, wenn es sich um den Skorpion handelt).

Doch noch ist nicht alles verloren. (Der Widder geht davon aus, daß überhaupt nichts verloren ist, sondern nur ein bißchen außer Kontrolle geraten.) Wenn ich feststelle, daß der Widder gegen einen Löwen nicht gewinnen kann, meine ich damit, daß er die Trophäen nicht in Gegenwart des Publikums an sich nehmen kann. Privat kann der Widder beinahe alles vom Löwen haben, indem er einfach nur andächtig den langen Vorträgen des Löwen lauscht, danach eine Lobeshymne anstimmt – und seine eigenen Absichten und Meinungen für sich behält. Das bereitet keinerlei Schwierigkeiten. Dem Widder gefällt es, Leute bei Laune zu halten und jeden mit Komplimenten zu überschütten, der seine Mars-Bewunderung für Macht und Stärke erregt (und der Löwe besitzt beides im Überfluß). Dem Widder fällt es aber ausgesprochen schwer, das dadurch Erreichte für sich zu behalten.

Wenn es die Situation der Löwin oder dem Löwen unmöglich macht, hocherhobenen Hauptes den Ort des Geschehens zu verlassen, weil ihr oder sein Stolz verletzt wurde (zum Beispiel bei einem Kind oder wenn es um den angetrauten Ehepartner geht), dann verzieht sie oder er sich beleidigt in eine Ecke, blickt mit traurigen Augen vorwurfsvoll in die Gegend und frönt ihrer und seiner Eitelkeit.

Der Widder würde einem Löwen in der Hitze des Gefechts (oh, ja! Gefechte wird es mehr als genug geben) eher unmißverständlich klarmachen, daß er entweder einzulenken hat oder ihm aus dem Wege gehen soll. Und damit kommen sie sofort in eine Sackgasse der Emotionen. Da es für einen Löwen ein Ding der Unmöglichkeit ist, nachzugeben, es aber feige und unter seiner hoheitlichen Würde wäre, wegzugehen (welcher wahre Monarch wäre je abgetreten?), bleibt dem Löwen oder der Löwin nichts anderes übrig, als noch lauter und mit noch größerer Überheblichkeit zu brüllen. Und wenn der Widder gegen den großen Mut und die Ausdauer (auf seelischem, geistigen und physischen Gebiet) nicht ankommen kann, dann ist der Streit bis auf das Anbrüllen schon beigelegt, denn beide Sonnenzeichen lieben dramatische Reden und Gesten.

Zwar wird der Löwe am Ende zwangsläufig der Stärkere sein, das heißt aber nicht, daß dieses Sonnenzeichen ein furchterregender Eroberer ist.

Die Beziehung zwischen Widder und Löwe, gleichgültig, ob sie innerhalb des Familienkreises, in Beruf oder Büro besteht, ist voller Wärme und Glück, solange der Widder bereit ist, zum Löwen aufzuschauen und ihn als Führer, Ratgeber und Lehrer zu akzeptieren – und solange der Löwe den Widder fortwährend mit der angenehmen Wärme, der gütigen und freundlichen Liebenswürdigkeit und seinem Beistand umgibt, die ihm, dem von der Sonne Beherrschten, so leichtfällt. Im großen und ganzen ist diese Verbindung erfolgreich, wenn auch nicht immer friedlich. Der Löwe geizt nicht mit aufrichtigen und überschwenglichen Komplimenten, etwas, was der Widder braucht wie die Luft zum Atmen. Und umgekehrt trifft das auch zu, umgekehrt voll und ganz. Sowohl Widder als auch Löwe suchen Anerkennung nicht nur, sondern sie fordern sie ganz offen.

Ein Anlaß für Ärger zwischen den beiden bieten diese endlosen gelehrten Abhandlungen, die der Löwe von sich gibt. Da der Widder im täglichen Leben sowieso schon genug Ärger mit Leuten hat, die alles besser wissen, kann es sein, daß ihm der kurze Mars-Geduldsfaden reißt, wenn er jeden Abend beim Essen noch einmal das gleiche durchmachen muß . . . doch ich werde Ihnen ein Geheimnis verraten. Insgeheim sieht der Widder dem Löwen in Wirklichkeit sehr viel nach und weiß den so freigiebig und unablässig erteilten Rat aufrichtig zu schätzen, in sehr viel stärkerem Maß, als er oder sie das zugibt. Der Grund dafür kann darin liegen, daß die Ratschläge, die ein Löwe einem Widder gibt, sehr oft auf aufrichtiger Zuneigung und Besorgnis beruhen. Widder haben eine liebevolle Anleitung bitter nötig, und es bestehen sehr gute Aussichten, daß ein Löwe oder eine Löwin sie ihnen geben können. Sie muß aber wirklich liebevoll, nicht etwa autoritär und voller Arroganz erteilt werden.

Wenn sie aufeinander Rücksicht nehmen, dann kann dies eine einmalige, ganz besondere Beziehung sein, denn der Löwe spürt, daß sich hinter der lärmenden, beherzten Persönlichkeit des Widders sehr viel Unsicherheit und Abhängigkeit verbirgt, und er weiß, daß die vom Widder zur Schau getragene Sicherheit nicht auf innerem Selbstvertrauen beruht. Der Widder wird sich mehr und mehr auf den Löwen verlassen können, einmal, weil der Löwe einen kühlen Kopf behält und jedem Sturm standhält, zum anderen auch deshalb, weil er eine heitere Natur besitzt und damit jedem Augenblick im Leben Wärme und Sinn geben kann.

Widder und Löwe finden ineinander den Reiz, nach dem sie ständig auf der Suche sind. Beide sind im Grunde ausgesprochen dynamische Persönlichkeiten, von dem Wunsch beseelt, das Leben in vollen Zügen zu genießen und nichts auszulassen.

Selbst wenn sie unterschiedliche Ziele verfolgen, kommen beide am liebsten in der ersten Klasse an ihrem Bestimmungsort an, es sei denn, daß sich bei einem der beiden der Mond oder der Aszendent bei ihrer Geburt in einem finanziell ein wenig zurückhaltenderen Zeichen, zum Beispiel im Krebs, im Skorpion oder in einem der drei Erdzeichen, befunden hätte. Dabei ist mit der »ersten Klasse« nicht nur das Materielle gemeint, sondern alles andere auch.

Löwe-Frau – Widder-Mann

Mit einer Löwe-Frau zu leben ist keine einfache Sache, und manchmal ist es beinahe ein Ding der Unmöglichkeit, mit ihr auszukommen. Sie kann stolz, überheblich, eitel, egozentrisch und arrogant sein. Sie kann auch eine sehr starke, energiegeladene, warmherzige und großzügige Frau sein, wenn ihre klare Überlegenheit von allen anerkannt und respektiert wird. Es fällt ihr zwar niemals leicht zu kapitulieren, doch einem Widder-Mann gegenüber, der darauf achtet, daß ihre Würde nicht in Frage gestellt wird, und der ihr zeigt, wie sehr er sie bewundert, ist sie überraschend gefügig. Niemand, der sie kennt, hält das für möglich, und hat es je erlebt, daß sie sich so willig den Wünschen anderer beugt, wie sie das ihm gegenüber tut.

Die Astrologie kann bei dieser 5:9-Sonnenzeichen-Konstellation praktisch für Harmonie und Glück garantieren, besonders, wenn die Aspekte zwischen ihren Planeten günstig sind. Dann ist diese Beziehung oder Ehe beinahe so, als wäre sie im Himmel geschlossen worden. Doch auch wenn der Sonnen-Mond-Aspekt in ihren Horoskopen ungünstig ist, kommen diese beiden recht gut miteinander aus. Er hat nicht so viel gegen ihre Extravaganzen einzuwenden wie ein Mann, der unter einem anderen Sonnenzeichen geboren ist. Löwe-Frauen geben natürlich nicht gern zu, daß sie extravagant sind. Sie werden darauf hinweisen, daß sie im Gegenteil sehr sparsam sind, und bei einigen trifft das auch wirklich zu. Dem Widder kommt es gewöhnlich weder auf einen Pfennig noch auf einen Hunderter mehr oder weniger an. Wenn einer der beiden jedoch ein sparsames Mondzeichen oder einen sparsamen Aszendenten hat, stimmt das alles vielleicht nicht, dennoch werden alle beide früher oder später ihre wahre Sonnenzeichen-Natur durch großzügige Gesten zum Vorschein kommen lassen. Beide bekommen gern Geschenke und verschenken auch selber gern etwas.

Es ist keine allzu große Überraschung, daß der Widder-Mann seine geliebte Löwin dabei unterstützt, ihren angeborenen Stolz und ihre Würde auszuleben. Er ist der Meinung, daß ein königliches Verhalten ihr sehr gut steht. (Außerdem steht er dann wie ein wirklicher Sieger da, denn ihm ist es gelungen, sie für sich zu gewinnen.)

Widder-Männer sind immer gerade intensiv damit beschäftigt, irgendein Ziel zu erreichen; es kann deshalb vorkommen, daß der Widder so sehr in seinem Vorhaben aufgeht, daß er versäumt, sie genügend zu loben. Wenn eine Löwe-Frau das Gefühl hat, ihr wird nicht genug Anerkennung entgegengebracht, dann wird sie kalt, desinteressiert – und sogar untätig. Entweder vernachlässigt sie sich als Frau, indem sie keinerlei Wert auf ihr Äußeres legt (ein trauriges und ernstzunehmendes Warnzeichen für ihre innere Pein), oder sie fällt ins andere Extrem: sie konzentriert sich in übertriebener Weise auf äußerlichen Glanz und bemüht sich ganz offen darum, die Aufmerksamkeit anderer Männer zu erregen. Der Widder-Mann, der dem Flirten seiner Frau ruhig zuschaut oder eine Affäre mit einem anderen Mann großzügig toleriert, muß erst noch geboren werden. Die leiseste Andeutung von Untreue führt zu den wildesten Eifersuchtsszenen. Auf die Dauer kann das ganz hilfreich sein, wenn es ihm die Augen darüber öffnet, daß er es versäumt hat, ihr die Liebesbezeugungen zu erweisen, nach denen sie sich sehnt, solange sie lebt.

Tatsächlich kann von keinem der beiden behauptet werden, daß er wirklich frei von jeglichen Eifersuchtsgefühlen ist. Einer Löwe-Frau muß er immer wieder sagen, wie sehr – und warum – er sie liebt. In beiden ist das Bedürfnis nach Schmeicheleien übermäßig stark ausgeprägt, für ihr Selbstbewußtsein sind sie eine unbedingte Notwendigkeit. Da sie von ihrer Umwelt meist nicht genug davon bekommen, können sie sich dieses wertvolle Geschenk gegenseitig machen. Sexuell passen sie ausgesprochen gut zueinander. Ihr instinktives Verlangen nach gegenseitiger uneingeschränkter Leidenschaft wird von ihrem gemeinsamen Bedürfnis nach zärtlicher Zuneigung gemildert. Zwar sind sie Liebende im wahrsten Sinne des Wortes, aber sie sind auch Idealisten. Ein zärtlicher Kuß auf die Wange ist für sie wie für ihn genauso wichtig wie andere Ausdrucksformen sexuellen Einsseins, die von stärkerer Erotik geprägt sind. Die Natur des Widder-Mannes schäumt von Gefühlen und feuriger Leidenschaft über, und diese Leidenschaften lösen in der Löwin eine entsprechende Reaktion aus. Wonach sie beide sich sehnen, wenn es um körperliche Erfüllung geht, das ist wilde Hingabe, gepaart mit poetischer Zärtlichkeit – beides zu gleichen Teilen. Es bestehen sehr viel bessere Aussichten, daß sie diese seltene Mischung der Gefühle miteinander, als bei anderen Partnern finden. Wenn ihre harmonische sexuelle Beziehung durch etwas gestört werden könnte, so ist es sein Groll über ihre verflossenen Liebhaber.

Falls der Widder alte Liebesbriefe finden sollte, die sie gern aufhebt und hin und wieder liest, um ihre romantischen Sehnsüchte zu stillen, dann wird er beinahe so verletzt und außer sich sein, als hätte er sie in flagranti ertappt. Wahrscheinlich wird er sie wegen ihrer vergangenen Liebeserlebnisse vorwurfsvoll ins Verhör nehmen. Da sie auf jeden Fall ein bißchen prahlen wird und die ganze Angelegenheit vielleicht maßlos übertrieben darstellt, wird er seine lang gehegte Illusion aufgeben müssen, daß er der einzige Mann ist, der sie erobert hat.

Aber die Löwin legt Wert darauf, alle wissen zu lassen, wie sehr der Mann, dem sie es gestattet, sie zu lieben, ihr seine Verehrung entgegenbringt. Es wäre sehr unklug von ihm, sie in Gegenwart anderer so zu erniedrigen, egal, wie unschuldsvoll seine Absichten auch gewesen sein mögen, denn einen solchen Angriff auf ihre Würde toleriert diese Frau nicht. Sie mag sich ihres eigenen Charmes sicher sein und wissen, daß sie von ihrem Geliebten oder Ehemann verehrt wird, es ist ihr aber wichtig, daß *anderen* das *genauso* bewußt ist. Die sanfte, freundliche und liebevolle Ehefrau kann sich in eine wilde Katze verwandeln, die ihre Krallen zeigt . . . oder, noch schlimmer, in ein Marmorstandbild eisiger Mißbilligung. Später, wenn sie unter sich sind, wird es zu einem ungeheueren Gefühlsausbruch kommen.

Doch sie versöhnen sich wieder, noch bevor ihre Tränen versiegt sind . . . und er hat wieder einen Grund, ihr aufrichtig zu sagen, wieviel sie ihm bedeutet – und sie hat wieder Gelegenheit, ihm mitzuteilen, wie sehr sie ihn braucht, nachdem sie beide ihre Liebe und Freundschaft in ihrer ganzen Tiefe erlebt haben.

Löwe-Mann – Widder-Frau

Obwohl eine Liebesbeziehung zwischen einem Löwen und einer Widder-Frau ein wunderbares Erlebnis voller Wärme sein kann, kommt es wiederholt zu Gefühlsausbrüchen.

Sehr häufig beginnt so etwas folgendermaßen: Er verspricht ihr, sie um fünf Uhr anzurufen, ruft aber dann erst um Mitternacht an und denkt nicht daran, sich deswegen zu entschuldigen. Statt dessen erzählt er ihr, daß sie die Rechtschreibung nicht beherrscht und zu großzügig mit ihrem Make-up umgeht. Und dann befiehlt er ihr, den Mund zu halten und ihn endlich einmal reden zu lassen. *Was* tut er?

Jetzt reicht es ihr. Sie hat genug von seiner erdrückenden Arroganz und faßt ganz impulsiv den Entschluß, ihn aus ihrem Leben zu streichen. Wer braucht denn eigentlich einen solchen Mann mit seiner bevormundenden Masche? *Sie.*

Sie mit ihrem unabhängigen »Ich kann selber für mich sorgen« hat endlich jemanden gefunden, der weiß, daß sie das nicht kann, und sie beim Wort nimmt. Es ist nicht ratsam, ihm zu sagen, daß er verschwinden soll. Denn genau das wird er nicht tun. Ein wenig später wird ihr einfallen, was für eine warme und freundliche Stimme er hatte, als er endlich anrief, ganz gleich, wie spät es war.

Es wird nicht lange dauern, bis er ihr alle möglichen Sachen beigebracht hat, von denen ihr gar nicht bewußt war, daß sie sie nicht wußte. Und damit nicht genug. Sie wird sich auch noch obendrein selber dadurch verblüffen, daß sie sich selig in seinem Wissen sonnt. Wenn sich das alles ein wenig abgenutzt hat, kommt sie auf den Boden zurück.

Es handelt sich hier um eine machtvolle magnetische 5:9-Sonnenzeichen-Konstellation, und deshalb herrscht eine knisternde, romantische Stimmung, wenn diese beiden Feuerzeichen sich ineinander verlieben. Vielleicht sind die alten Träume, die er schon längst beiseite geschoben hat, am Ende gar nicht so völlig ausgeschlossen. Schließlich sind es *seine* Träume, oder nicht? Das genügt, damit sie davon überzeugt ist, daß sie in Erfüllung gehen – und das Zutrauen des Mars kann Berge versetzen! Was ihre herrschsüchtige Art und ihre aufflammenden Unabhängigkeitsbestrebungen anbelangt, so sind das lediglich verzweifelte Hilferufe, damit sie wieder in die richtige Richtung geführt wird. Sind Löwen nicht bestens dazu geeignet, das Leben anderer zu organisieren und sie davor zu bewahren, in ihre eigenen Fallen zu stolpern?

Da er praktisch veranlagt und sehr vernünftig ist (der Löwe ist ein festes Zeichen), wirft sie ihm manchmal vor, daß er langweilig und spießig ist. Da sie sehr viel mehr Vitalität entwickelt, macht er ihr den Vorwurf, daß sie ihn total erschöpft. Am Ende wird er durch sie lockerer – und sie wird durch ihn etwas gebremst – dadurch entsteht ein Ausgleich.

Es ist keineswegs so, daß sie ihre ganze Zeit damit verbringen, sich zu streiten. Da sie unter dem Einfluß der 5:9-Beziehung stehen, erleben sie zahllose Augenblicke, die wunderbar und verrückt, fröhlich und geheimnisvoll sind. Von ihrer aufrichtigen Arglosigkeit ist er merkwürdig berührt; sie läßt eine Saite in seinem eigenen idealistischen Herzen anklingen. Ihre überschäumende Begeisterungsfähigkeit ist ansteckend und ergänzt sich mit seinem strahlenden Enthusiasmus. Der Widder ist das symbolische Kind der Tierkreiszeichen, und deshalb rufen ihre Naivität und ihre unschuldige Art eine tiefe Zärtlichkeit in ihm wach. Er hat ganz stark das Gefühl, dieses intelligente, tapfere Wesen beschützen zu müssen, das wie ein richtiges Kind nicht die leiseste Ahnung hat, wie viele gähnende Abgründe sich vor ihm auftun. Er wird ihr mit seiner Weisheit und ausgereiften Urteilsfähigkeit liebevoll dabei behilflich sein, ihnen auszuweichen, denn der Löwe ist dem Widder auf dem karmischen Lebensrad voraus.

Widder und Löwe lösen ineinander starkes körperliches Verlangen aus, das durch die zwischen ihnen fließenden Gefühle ständig angeregt und intensiviert wird. Sexueller Kontakt zwischen ihnen kann auf eine wunderbare Weise heilend wirken, denn jeder gibt dem anderen das, was er in einer Beziehung braucht: Leidenschaft, die mit großer Zuneigung einhergeht. Das kann dazu führen, daß Gefühle in ihnen wachgerufen werden, von denen sie geglaubt hatten, daß sie zusammen mit den verlorenen Idealen aus der Kindheit begraben und vergessen gewesen wären. Das Glück, das sie um den Preis von Tränen oder eines gebrochenen Herzens ... oder verletzten Stolzes zusammen anstreben, ist wirklich etwas sehr Berauschendes. Doch einen Preis zahlt der Löwe nicht: daß er sich als Gegenleistung dafür besitzen läßt. Er möchte im Dschungel umherstreifen, ohne daß ihn die rasselnden Ketten der Eifersucht dabei behindern.

Bis sie sexuell zu einem Einklang finden, werden sie einige heftige Erfahrungen hinter sich bringen müssen. Eine Widder-Frau möchte gern davon ausgehen, daß sie für ihn die erste Frau ist, die er jemals berührt hat, der er etwas ins Ohr geflüstert und die er erobert hat. Da die Liebe für den Löwen etwas so Natürliches ist wie das Atmen, gibt sie sich einer falschen Hoffnung hin. Wenn sie in ihn eindringt, so daß er jeden leidenschaftlichen Seufzer in seiner Vergangenheit einschließlich der Namen, der Daten und Orte zugibt, dann wird sie auch mit dem, was sie hört, irgendwie fertig. Nun gut, er hat sexuelle Beziehungen zu anderen Frauen gehabt. Sie akzeptiert das, auch wenn es wehtut. (Widder ertragen unangenehme Wahrheiten immer mit Tapferkeit, wenn sie merken, daß kein Weg darumherum führt.) Es gibt jedoch noch einen schillernden Widdertraum, der mit der kalten, harten Wirklichkeit der menschlichen Natur konfrontiert werden muß. Es ist ja nicht unbedingt gesagt, daß er auch sein *Vergnügen* dabei hatte, nicht wahr? Auch diese ihre Hoffnung wird enttäuscht. Der Löwe ist viel zu stolz und ehrlich, um zu behaupten, er hätte dabei nichts empfunden.

Ihre früheren Liebeserlebnisse? Das ist etwas anderes. Die werden durch Dutzende verschiedener Erklärungen wegrationalisiert. *Sie* hat kein Vergnügen dabei gehabt, müssen Sie wissen. (Ich habe ja schon gesagt, daß Widder, ohne daß sie es wollen, sehr selbstsüchtig sind.)

Für den Löwen besteht die beste Lösung darin, ihr in regelmäßigen Abständen immer wieder über die negativen Reaktionen zu berichten, die ihm seine abgeschlossenen sexuellen Erlebnisse aus der Vergangenheit eingebracht haben (bis sie sich sicher fühlt und keine Angst mehr davor hat, in dunkler Einsamkeit zu versinken) – und dann alles aufzuzählen, was seine sexuelle Erfüllung mit ihr ausmacht.

Unter ihrer aufrichtigen Bewunderung für seinen Mut, sein Selbstvertrauen und seine Weisheit kann sich der Löwe in seiner ganzen Männlichkeit entfalten. Er braucht sehr viel aufblikkende Verehrung, und für sie ist Verehrung und Anbetung dasselbe wie Demut, eine Eigenschaft, die ihr fremd ist. Der Löwe wird ihr reichlich Gelegenheit geben, diese Eigenschaft zu entwickeln. Sie weiß, daß er stärker ist als sie, und das beflügelt sie. Wenn er seine Stärke jedoch dazu benutzt, um sie herumzukommandieren, dann ist sie sofort wieder ernüchtert. Sie sollte jedoch nicht mimosenhaft reagieren.

Sie wird ihn zutiefst bewundern, respektieren und lieben. Doch auch von sich selber wird sie weiterhin sehr viel halten und auch davon, ihre Sachen selber in die Hand zu nehmen – wenn sie ihm vielleicht auch gestattet, ihr zu zeigen, wie sie das am besten macht. Ab und zu wird er ihre Begeisterung am Boden zerstören, indem er all ihre Hoffnungen mit seiner den Löwen eigenen praktischen Veranlagung zunichte macht. Und hin und wieder verletzt sie seinen Stolz, indem sie ihn unterbricht oder nicht daran denkt, ihn um Rat zu fragen. Dann erstarrt sie angesichts seiner majestätischen Würde, und er ist ihren Wutausbrüchen ausgesetzt. Doch wenn seine eisige Überheblichkeit dahinschmilzt und ihr Zorn verraucht ist, dann kehrt das Glück bei den beiden wieder ein.

Die Löwe-Stier Beziehung

Der Stier verlangt viel Loyalität und Zuneigung, damit er sich geliebt und *anerkannt* fühlt. Der Löwe braucht Verehrung und Komplimente, um sich geliebt und bewundert zu fühlen. Nicht einmal verträgliche Menschen, die im Zeichen des gleichen Elements geboren sind (der Stier ist ein Erd-, der Löwe ein Feuerzeichen), können ihnen genügend Beweise dafür liefern, daß sie geschätzt werden. Und wenn sie ständig eine gegenseitige emotionale Absicherung verlangen, kann dies wirklich zu Frustrationen führen.

Diese beiden Sonnenzeichen stehen im Quadrat zueinander; das bedeutet, sie harmonieren nicht besonders gut, wenn nicht Sonne und Mond in den Geburtshoroskopen der jeweiligen Partner in günstigen Zeichen stehen. Wie in allen 4:10-Sonnenzeichen-Kombinationen erzeugt diese Quadratur (Stier und Löwe stehen in einem Winkel von 90 Grad zueinander) Spannungen. Die 4:10-Einflüsse schenken jedoch enorme Belohnung in Form von Frieden und Harmonie, wenn die betroffenen Partner genügend Geduld und Selbstlosigkeit demonstrieren, den karmischen Seelentest in einer Liebesbeziehung zu überwinden.

Bei Stier und Löwe treten Spannungen folgender Art auf: Der Löwe ist viel zu egoistisch, um dem starken, stillen Stier die absolute Verehrung und den Gehorsam entgegenzubringen, auf dem dieser *meistens* besteht. Der Stier ist viel zu stur, um dem eitlen, stolzen Löwen die bedingungslose Verehrung zu gewähren, die dieser *ständig* sucht. Beide sind in festen Zeichen geboren, daher besitzen sie ein Organisationstalent und sind ungewöhnlich zuverlässig im emotionalen Bereich. Aber beide haben auch ungewöhnlich feste Ansichten – und von da ist es nicht weit zur Sturheit.

Manchmal verläßt sich der feurige Löwe in einer unangenehmen Situation auf den ruhigeren, standhafteren Stier, raubt ihm aber dann den Lohn seiner Bemühungen. Dies stört den Stier jedoch weniger als andere egoistische Sonnenzeichen. Der Stier ist an persönlichem Ruhm nicht im geringsten interessiert. Er kehrt dem Ruhm zwar nicht seinen breiten Rücken zu, sollte man ihn damit überschütten, aber er drängt sich auch nicht danach. Der Stier kassiert lieber Zuneigung und emotionellen Frieden.

Ein Gebiet möglicher Übereinstimmung zwischen Stier und Löwe ist der Entwurf und die Realisierung von Ideen. Der Löwe liebt es, grandiose Entwürfe und großartige Ideen zu unterstützen, und Stiere fassen den finanziellen Gewinn ins Auge, der vielleicht der Grundstein zu ihrem Stier-Imperium sein könnte, von dem sie immer träumen. Der Stier verfolgt seinen Weg geradlinig, sehr überlegt und hartnäckig. Hindernisse stören oder verärgern den Stier weniger als den Löwen, weil der Stier Schwierigkeiten und Verzögerungen als Teil des Preises betrachtet, den er für einen eventuellen Erfolg zu entrichten hat.

Der fanatisch freiheitsliebende Löwe kann Einschränkungen weder akzeptieren noch ertragen. Er ist ein positiv eingestellter und entschlossener Charakter. Es würde ihm nie in den Sinn kommen, daß er den großen Gewinn nicht mit einem einzigen großartigen Wurf erreichen kann, ob der Löwe das Glück nun in Geschäft, Freundschaft, Romanze, Ehe oder im Spiel sucht.

Der Grund dafür, daß der Löwe nie von seinen Verlusten spricht, liegt darin, daß er selbst überzeugt ist, nie verloren zu haben. Es ist alles Täuschung. Der Stier hat, gelinde gesagt, nicht viel Geschick, sein Glück beim Schopf zu packen, und deshalb wird er weder sein Geld noch sein Herz aufs Spiel setzen. Und sollte er verlieren, so wird die Erinnerung daran lange Zeit anhalten, lange genug, um aus dieser Erfahrung zu lernen. Geht eine Sache ungünstig aus, so werden Stier und Löwe gleichermaßen ihrer Verachtung für ein Mißgeschick Ausdruck geben.

Keiner von ihnen macht großes Aufhebens davon, obwohl sie vielleicht beide heimlich ein paar Tränen der Reue vergießen. Löwe und Stier teilen die Abneigung, ihren Schmerz öffentlich zu zeigen und ein Versagen zuzugeben.

Der sicherste Weg zur Vermehrung seines Geldes ist für den Stier auf lange Sicht, den Geldschein einmal zu falten und ihn wieder in den Geldbeutel zu stecken. In seiner Jugend glaubt der Stier, daß die Sicherheit eines Bankguthabens zusammen mit der tiefen Liebe seines Partners die wichtigste und vitalste Bedeutung in seinem Leben hat. Wenn er erwachsen ist, ist er dann felsenfest davon überzeugt.

Das einzige, wovon der Löwe wirklich überzeugt ist, ist seine Fähigkeit, alles zu verwirklichen. So ist es nicht überraschend, daß die Löwe-Warmherzigkeit und sein edler Geist in Verbindung mit seinem Selbstvertrauen auf andere anziehend wirken, auch auf die Glücksfee, die ihn oft großzügig mit Liebe und Reichtum überschüttet.

Der Löwe ist ein Mensch mit großem Herzen und enormer Kraft, der sich oft wie ein vernachlässigtes Kind fühlt, wenn andere nicht dieses Bild von ihm zeichnen und ihm wegen seiner guten Eigenschaften keine Komplimente machen. (Die Komplimente müssen jedoch von Herzen kommen – der Löwe erkennt unehrliche Schmeicheleien so scharfsinnig wie jeder Monarch, der um einer Gunst willen besänftigt wird.)

Obwohl der Löwe gern die Führungsrolle übernimmt und manchmal ungewollt die Geduld des Stiers strapaziert, macht es diesem stolzen Menschen auch Freude, diejenigen, die ihn lieben, zu beschützen und sie mit Geschenken und Zuneigung zu überschütten. Ein Stier ist von dem Schutz, von der ehrlichen Zuneigung und der Besorgnis um sein Wohlergehen tief berührt. Obwohl er es vielleicht störrisch verneint, schätzt niemand Freundlichkeit und Zuneigung mehr als ein Stier. Sein treues, zuverlässiges Herz sehnt sich schmerzlich danach. Das ist eine andere sympathische Eigenschaft, die diese beiden teilen. Ihre Herzen sind in gleicher Weise treu. Die warme Freundlichkeit und das Interesse, das der Löwe ausstrahlt, vermitteln dem Stier das Gefühl von Behaglichkeit und Sicherheit. So ziehen sich beide aus dem gleichen Grund an.

Nur wenn der Löwe beginnt, seine königlichen Befehle zu verteilen, so daß der Stier sich dadurch herumgestoßen fühlt, fängt der Ärger an. Nach einer gewissen Zeit versengt vielleicht das Feuer des Löwen die Beharrlichkeit des Stiers, bis der Stier den Löwen unter einem Haufen irdener Sturheit und negativer Reaktionen begräbt. Doch der Löwe wird von der Sonne beherrscht, die Wärme und Licht und die mächtige, lebenspendende Kraft des Universums symbolisiert. Der Stier ist von Venus beherrscht, die Frieden, Liebe und die musikalische Harmonie des Universums darstellt. Diese beiden Himmelskörper halten die Welt in Schwung. Alle anderen Planeten unterstützen sie nur dabei. Die Sonne ist Leben, Venus die Liebe.

Löwe-Frau – Stier-Mann

Der Stier hat meist eine verborgene (oder sichtbare) Begabung für künstlerische Formen in Malerei, Tanz, Bildhauerei und Musik. Seine größte Gabe ist jedoch, die Welt mit praktischen Augen zu betrachten. Er spart sowohl Geld als auch Gefühle für eine gute Sache, und Geld oder Gefühle für einen roten Teppich oder eine Krone auszugeben, hält er für keine gute Sache.

Eine Löwe-Frau sucht einen Mann, der sie als Königin anerkennt, der ihr (zusätzlich zu seiner Wertschätzung und Verehrung) den Lebensstil sichern kann, den sie erwartet. Sie will einen Liebhaber oder Partner, der ihr den Stil bietet, an den sie sich gewöhnen möchte, umgeben von Luxus und gebildeten Freunden . . . ein Dasein im Überfluß.

Jetzt versteht man, warum die Löwe-Frau unruhig wird, wenn der Stier-Mann, den sie liebt, von ihr erwartet, daß sie sich den lieben langen Tag in einem kleinen Appartement aufhält, um ihm Brezen und Bier zu servieren, während er in Sokken vor dem Fernseher sitzt und den Börsenbericht liest. Aber die Löwe-Frau täte besser daran, sich damit abzufinden, daß ihr Stier-Geliebter oder -Partner eben so ist, und wenn sie bereit ist zu warten und ihn nicht drängt, schenkt er ihr vielleicht eines Tages all jene Dinge, nach denen sie sich sehnt. Er erreicht sein

Ziel - nämlich Sicherheit – vielleicht nicht über Nacht, doch wird sie nie einen anderen Mann finden, der bessere Aussichten hat, sie eines Tages mit ihrem eigenen Königreich, über das sie herrschen kann, beschenken zu können.

Hat der Stier schließlich seine Mission im Leben erfüllt, ein gemütliches Zuhause und eine große Sammlung Noten – Banknoten – angelegt, umgibt die Löwin ihn mit ihrem Gefühl der Pracht. Sie sieht zu, daß er sich bequem und behaglich fühlt, in seinen Socken auf dicken Teppichen gehen und in gedämpftem Licht stereophonen Geigenklängen lauschen kann; sie überhäuft ihn mit ständiger Aufmerksamkeit und verwöhnt ihn mit Sanftmut und Gelassenheit. Nichts könnte ihn glücklicher machen.

Wenn er aber noch dabei ist, das Fundament zu befestigen und den Grundstein zu legen, wird er keine Zeit vergeuden wollen, um mit ihr hofzuhalten. Er verübelt es ihr, wenn sie erwartet, er solle zu Parties gehen, mit ihren Freunden über Politik diskutieren, ihren königlichen Launen gerecht werden und ihren Thron abstauben. Die ganze Albernheit, mit der sie ständig ihren Stolz pflegt und ihr Selbstbewußtsein aufmöbelt, ist für ihn nur unnütze Zeitverschwendung, und Stiere mögen weder Zeit noch Geld zum Fenster hinauswerfen. Obwohl diese beiden Sonnenzeichen in Quadratur stehen und sich daher sehr leicht über verschiedene Probleme in die Haare geraten können, kann ihre Beziehung sehr glücklich sein, wenn sie so lange daran festhalten, bis sich die Wolken wieder verzogen haben. Sie halten beide den anderen für die ideale Gesellschaft.

Aber sie brauchen Geduld dazu – nun, da der Stier geduldig ist, kann wenigstens eine Hälfte des Problems gelöst werden. Sie dagegen ist in einem Feuerzeichen geboren, und das bedeutet, daß sie über keine allzugroße Geduld verfügt. Dies belastet ihr Verhältnis mit aufreibenden Spannungen, von den kleinsten bis zu den gewaltigsten. Nur die Liebe kann diese Spannungen überwinden. Viel hängt vom Mond-Sonne-Aspekt ab.

Ist dieser Aspekt günstig, so ist ein Pluspunkt dieser Beziehung die sexuelle Harmonie, die sie gemeinsam erreichen können. Eine Löwe-Frau gibt sich Fremden gegenüber stolz und distanziert, sogar unnahbar. Doch wenn der Mann, den sie wirklich liebt, sie fest an sich drückt, so wird sie zur feurigen Löwin, die durchdrungen ist von Zuneigung und Sex-Appeal ausstrahlt. Der Stier hat bestimmt nichts dagegen, wenn sie ihm mit ihren sanften Händen durchs Haar fährt, seine Haut streichelt, seinen Rücken massiert, sein Ohr küßt oder seine Hände festhält.

Die Dickköpfigkeit des Stiers, verbunden mit dem falschen Stolz des Löwen, läßt die beiden immer ruhelos (oder resigniert) und unerfüllt sein. Irgendwo bestehen auch Kommunikationsschwierigkeiten. Sie sprechen vielleicht nicht offen miteinander über ihre Enttäuschungen, die sie bei der Liebe haben – bis ihre Liebe nur noch aus einem bequemen Zusammenleben besteht - oder mit der Scheidung zerbricht. Es kann auch vorkommen, daß einer der beiden einen Ausweg in Alkohol, Drogen oder gelegentlichen sexuellen Abenteuern sucht; dies ist jedoch zum Glück nicht die Regel. Sie sind beide im Grunde zu ehrlich, um untreu zu sein, ihres Rufes zu sehr bewußt, um in der Öffentlichkeit einen Narren aus sich zu machen – doch zu stur (er) und zu stolz (sie), um eine Lösung zu suchen, zärtlich und liebevoll – gemeinsam. Es ist jedoch nie zu spät, um mit gemeinsamen Zugeständnissen und Demut unerwartete Wunder zu vollbringen.

Sie hält ihm manchmal vor, er sei ungehobelt und meistens eigensinnig, was er ja auch bestimmt nicht leugnen kann. Er wirft ihr vor, sie sei hochmütig, stolz und aufgeblasen, was sie wiederum nicht leugnen kann. Was kann man tun, wenn Vorwürfe, die einem entgegengeschleudert werden, berechtigt sind? Es ist ganz einfach. (Nicht leicht, aber einfach.) Sie muß verstehen, daß sein »Ungehobeltsein« nur ein Zeichen seiner irdischen, zuverlässigen Natur, seiner Verachtung für alles Frivole und Unechte – das Scheinbare – ist. Sie sollte es besser nachahmen. Dazu muß sie erkennen, daß sein Eigensinn nur seiner Charakterstärke entspringt, und sie sollte aufhören, ihn zu reizen, indem sie sich immer wie eine verwöhnte Königin gibt, die beleidigt ist, wenn nicht alles nach ihrem Kopf geht. Sie kann seinen Eigensinn umgehen, indem sie versucht, ihm durch Küsse, Umarmungen und Zärtlichkeit seine Zufriedenheit wiederzugeben.

Er muß erkennen, daß ihr Hochmut nichts als ein angeborener Schutzwall gegen eine Zurschaustellung ihrer Ängste vor (eingebildeten) Unzulänglichkeiten ist, durch die sie ihr Gesicht verlieren und sich einer schmerzhaften Lächerlichkeit preisgeben würde. Er sollte diesen Hochmut nicht immer wieder hervorrufen, indem er es ablehnt, ihre wirkliche Überlegenheit als Frau – und ihr starkes Verlangen nach ständigen Komplimenten – anzuerkennen. Er kann dies leicht umgehen, indem er öfter in der Öffentlichkeit die bewundernden Blicke auf sie lenkt und ihr zeigt – vor allen Dingen aber *sagt* –, daß er sich durchaus bewußt ist, wieviel Glück er mit dieser Super-Frau gehabt hat, in jeder Beziehung. (Jede Löwe-Frau ist eine Super-Frau, selbst mit ihren kleinen Fehlern.) Seine Löwin kann Liebe in einer großartigen Weise geben und auch annehmen, wenn sie nur richtig anerkannt . . . und geliebt wird.

Löwe-Mann – Stier-Frau

Es handelt sich hier um ein schwieriges und spannungsreiches 4:10-Sonnenzeichen-Verhältnis, das zwar eine Herausforderung darstellt, aber auch größere Belohnungen verspricht, wenn sie mutig angenommen wird und die Schwierigkeiten überwunden werden. Ereignisse, die normalerweise zwischen zwei anderen Menschen keine unangenehmen Folgen haben, können sich bei Löwe und Stier zu vulkanartigen Ausbrüchen ausweiten, wenn die Partner-Horoskope keinen ungewöhnlich günstigen Sonne-Mond-Aspekt aufweisen.

Der Löwe hat den Drang, alles in großem Stil zu tun, er kann sich nicht mit Halbheiten abgeben, und dieser Zwang steht in seltsamem Widerspruch zu seinem Verhalten (wenn er äußerlich einer der stillen, weniger feurigen Löwen ist). Handelt es sich um ein Haus, so muß es groß und luxuriös sein. Ist es eine Frau, so muß sie schön und intelligent sein. Weint ein Löwe, so vergießt er wahre Ströme von Tränen. Lacht er, dann lang und laut.

Eine Stier-Frau hat den instinktiven Wunsch, sich ihrem

Mann zu unterwerfen und an seiner Seite durch dick und dünn zu gehen. Doch beherrscht zu sein, klingt für sie verdächtig nach getrieben werden, und kein Stier läßt sich gern antreiben. Obwohl Stier-Frauen zu tiefer Hingebung und warmherziger Liebe fähig sind, verteilen sie keineswegs leichtsinnig Komplimente, haben keinen Sinn für Schmeicheleien und halten Anbetung für eine Domäne von Schwächlingen. Da alle Löwen Komplimente, Schmeicheleien und Anbetung fordern, sehen wir jetzt, woran es in dieser Beziehung oft fehlt.

Löwen sind äußerst stolze, feurige Menschen, die gern den Takt angeben und niemals die zweite Geige spielen wollen. Die Sonne ist sein Geburtsherrscher, daher ist der Löwe auch so nobel und großzügig, trotz seiner gelegentlichen Arroganz und seiner herablassenden Überheblichkeit.

Obwohl dieser Mann sehr gebieterisch auftritt und daher vielleicht manchmal eine Nuance zu tyrannisch ist, ist er ein zärtlicher, großmütiger Liebhaber - nach einem Streit. Für seinen edlen Geist ist die körperliche Versöhnung nur natürlich. Verbale Entschuldigungen sind nichts für ihn; sie zerstören seine Eitelkeit. Doch zeigt er seine tiefe Reue in einer Vielfalt romantischer Liebesbezeugungen.

Die körperliche Vereinigung ist oft das einzige Mittel, sich nach einem Streit mit einem Stier-Mädchen wieder zu versöhnen. Langwierige Gespräche langweilen sie, weil sie nur durch ihre Sinne fühlt. Der Stier verlangt Taten, keine Worte. Die leidenschaftlichen Liebesbezeugungen des Löwe-Mannes wird sie erwidern, und alles ist wieder in bester Ordnung. Die beiden versöhnen sich, ohne daß der stolze Löwe seine Würde verlieren muß. Das Liebesspiel ist nie unter seiner Würde, wie heftig er mit seiner Geliebten auch gestritten haben mag. Er braucht eine Frau, die die tiefe Zuneigung und Leidenschaft, die er zu geben imstande ist, sowohl annehmen kann als sich auch davon fesseln läßt – und diese Frau kann es. Ihre Erotik läßt ihn auch ganz bestimmt nicht kalt. Er wird sich »wie ein König fühlen«, ein Ausdruck, den viele Löwen benutzen, um ihre sexuelle Erfüllung mit der richtigen Frau zu beschreiben.

Ihre Eigenschaft, mit Worten sparsam umzugehen, ist für den Löwen jedoch außerhalb des Schlafzimmers nicht ganz so wohltuend. Möglicherweise ist sie in Momenten, in denen er emotionell erregt ist und verzweifelt ein aufmerksames Publikum sucht, mehr als zurückhaltend. Es könnte sogar passieren, daß sie während einer seiner dramatischen Reden oder Vorträge plötzlich zu gähnen anfängt, und nichts kann auf grausamere Art das empfindliche Ego eines Mannes zerstören wie ein offensichtliches Zeichen der Langeweile eines aufmüpfigen Untergebenen – oder besonders der Frau, die er liebt.

Die häufigste Beschwerde, die der Löwe gegen eine Stier-Frau hervorbringt, ist ihr fehlender Enthusiasmus. *Ihre* häufigste Beschwerde über ihn läßt sich am besten in die vier bekannten Shakespeare-Worte kleiden: »Viel Lärm um nichts.«

Er mag an ihr, wie sie ein gemütliches Heim schafft, wie sie mit Geld umgeht, und er mag ihren Humor – obwohl es ihm sicher nicht gefällt, wenn sie mit ihren Witzen seine Würde ins Lächerliche zieht oder sein Selbstbewußtsein ankratzt. Sie wird sich für die festen Umarmungen des Löwen erwärmen und unablässig seine Fähigkeit bewundern, seine Träume in die Tat umzusetzen. Über seine extravaganten Neigungen oder seinen Drang, auszugehen und sich bewundern zu lassen, wird sie jedoch nicht gerade begeistert sein. Von Zeit zu Zeit werden immer wieder Spannungen zwischen ihnen auftreten. Schließlich sind sie beide in festen Zeichen geboren. Doch breitet der heimliche Respekt, den sie füreinander hegen, manchmal einen unerwartet weichen, besänftigenden Teppich unter ihre Meinungsverschiedenheiten aus.

Diese Frau gestattet es sich selbst nicht oft, ihren Zorn sichtbar werden zu lassen. Sie ist geduldig, humorvoll und erträgt willig eine Menge Albernheiten sowie traurige Augenblicke des Lebens, ohne übertriebene Gefühlsausbrüche an den Tag zu legen. Wenn sie jedoch zornig wird, so geht man ihr am besten aus dem Weg. Eine Stier-Frau wird immer zutiefst über ihre eigene Schwäche beschämt sein, wenn sie einmal ihrer schlechten Laune freien Lauf gelassen hat, und sie ist vielleicht deshalb besonders liebevoll und zärtlich, weil sie es wieder gutmachen will. Der Löwe sollte sich jedoch nicht von ihrer einem Streit folgenden Liebenswürdigkeit hinters Licht führen lassen. Sie erinnert sich jahrelang genau, was ihre stiergleiche Rage ausgelöst hat. Der Stier ergeht sich sehr selten in blinder, zorniger Raserei – eventuell nur ein- oder zweimal in seinem ganzen Leben. Aber es ist nicht die Häufigkeit, die eine Rolle spielt, sondern die *Heftigkeit.* Sie ist einem Vulkanausbruch zu vergleichen!

Zu zahlreicheren Temperamentsausbrüchen kommt es bei der Stier-Frau nur dann, wenn sie fortgesetzt von der dominierenden Art eines Löwen, seinen Belehrungen und Zurechtweisungen, gereizt wird, oder wenn sich der Löwe – weil sie seinen Launen nicht nachgibt – von ihr abwendet und für längere Zeit grollt. Ein solches Verhalten kann jedes Erdzeichen in Frustration versetzen, wenn es über einen längeren Zeitraum fortgesetzt wird.

Die Stier-Frau birgt mehr in sich als Gelassenheit und Sturheit. Sie besitzt Beharrlichkeit, Mut, Wärme, unerschütterliche Ergebenheit, Ausgeglichenheit, Ruhe und sehr tiefe Gefühle. Sie ist ungeheuer zärtlich und hingebungsvoll. Ihre natürliche Art, über sich selbst lachen zu können, ist eine ihrer liebenswertesten Eigenschaften. Sie ist vernünftig, steht mit beiden Beinen fest auf dem Boden der Tatsachen und gibt niemals vor, anders zu sein, als sie ist. Sie ist ursprünglich und ungekünstelt, ehrlich und zuverlässig – es lohnt sich, sie zur Frau zu nehmen.

Und nun zum Löwe-Mann. Auch er besitzt mehr als nur Stolz, Eitelkeit und Egoismus. Er strahlt Sonnenschein, Hoffnung und Vertrauen aus. Seine Weisheit und Gutmütigkeit sind unübertroffen, wenn er spürt, daß er gebraucht wird. Der Löwe kämpft mutig gegen eine ganze Armee, um das, was er in seinem Herzen für richtig und wahr hält, zu verteidigen, wie ungleich der Kampf und wie gering die Aussichten auf einen Sieg auch sein mögen.

Wie viele Hindernisse diese beiden bis zum Ziel einer emotionalen Harmonie auch aus dem Weg räumen müssen, sie stehen sich gegenseitig bei, wenn nötig gegen alle Widerstände. Sollte das Schicksal ihnen Leid oder Unglück bringen, werden beide sicher den Treuetest bestehen.

Die Löwe-Zwillinge Beziehung

Der Löwe versucht sich selbst und der Welt durch seine arrogante Prahlerei zu beweisen, daß er auch innerlich so mächtig ist, wie er sich äußerlich gibt. Und auch der Zwilling will nur seinem Zwillinge-Ich und allen anderen zeigen, daß er immer den direkten, geraden Weg nimmt und sich auf keinen Fall im Kreis bewegt.

Da beide Sonnenzeichen im Sextil stehen, also eine 3:11-Verbindung sind, verstehen sie den anderen intuitiv, sind einander trotz gelegentlich auftretender Meinungsverschiedenheiten freundschaftlich verbunden und haben beide die Angewohnheit, sich selbst immer wieder Mut zu machen. Im Gegensatz zum Skorpion, der von seiner Überlegenheit fest überzeugt ist, glaubt der Löwe, andere durch sein lautes Gebrüll von seiner eigenen Unsicherheit ablenken zu müssen. Nicht allen Ereignissen tritt er so kaltblütig gegenüber, wie es den Anschein hat.

Auch der Zwilling hat eine ähnlich glückliche Hand in Sachen Selbsttäuschung. Nicht nur den anderen, sondern auch sich selbst verkauft er seine Träume für bare Münze. Der Zwilling ist ein Geschichtenerzähler ersten Ranges, witzig, mitreißend und nicht selten doppeldeutig. Mit dem Pinsel der Vorstellungskraft zeichnet der Zwilling die phantastischsten Nonsense-Bilder, und dabei gelingt es ihm irgendwie, sie den vernünftigsten Leuten als glaubwürdig und logisch erscheinen zu lassen.

Da der Löwe im Innersten spürt, daß der Zwilling die Wahrheit erzählt, so wie er sie sieht, öffnet sich das mächtige Löwen-Herz für den Zwilling in der wohlwollenden Anerkennung seines Seelenbruders. Natürlich, der Löwe versteht.

Was den von Merkur beherrschten Zwilling verletzt und verblüfft, ist, daß andere, die nicht so wohlwollend wie der Löwe sind, sein Talent als Blendwerk ansehen. Er begreift nicht, daß andere, wenn sie das gleiche tun, als kreativ oder ideenreich, als geschickte Verhandlungspartner und Geschäftsleute bezeichnet werden. Setzt der Zwilling seine Phantasie ein, so wird er ein Schaumschläger, Lügner – oder zumindest enttäuschend glatt und oberflächlich genannt. Der Zwilling glaubt, ihm gehöre die Welt und alles in ihr sei von ihm bis in die kleinste Nuance analysiert. Jedenfalls so lange, bis er sich an der Ausnahme von der Regel stößt und schließlich zu der Überzeugung kommt, daß die ganze Welt nur aus Ausnahmen besteht. Das paßt! Der Zwilling selbst ist eine Ausnahme!

Von Kindheit an war sich der Zwilling bewußt, daß die Illusion der verläßlichste aller Reichtümer ist. Kein Theater der Welt ist so reich mit Dramatik und Farben ausgestattet wie das »Theater des Geistes«. Daher zwängt sich der Zwilling in alle Rollen, vom Charakterschauspieler zum Biedermann, vom Hauptdarsteller zum kleinsten Statisten; manchmal fungiert er selbst als Kulissenschieber oder Musiker. Warum auch nicht? Er ist ja auch sein eigener Produzent und Regisseur, also kann er alles tun, wozu er Lust und Laune hat.

Beteiligt sich ein Löwe an dem Schauspiel, sollte der Zwilling bei der Rollenverteilung allerdings vorsichtig sein und sich nicht alle Rosinen (die des Stars, Regisseurs und Produzenten) aus dem Kuchen picken. Wenn irgendwo eine Show läuft, in Wirklichkeit oder nur in der Phantasie, so kann er sicher sein, daß der Löwe auf der Rolle des Regisseurs und Produzenten besteht – und höchstwahrscheinlich auch auf der des Hauptdarstellers. Niemand kann einen Löwen an die Wand spielen, geschweige denn einen König in den Hintergrund drängen.

Gewöhnlich hat der einzelgängerische Zwilling nicht das geringste dagegen einzuwenden. Um die Wahrheit zu sagen, ist der Zwilling weit mehr an einem Szenenwechsel interessiert als an einer Zugabe. Wie der Löwe liest er gern Pressenotizen über sich selbst und hat das gleiche, wenn nicht größere Geschick, die Aufmerksamkeit auf sich zu ziehen, doch tritt er wohlwollend in die zweite Reihe zurück, um den eitlen Löwen den Ruhm einheimsen zu lassen.

Kommt das daher, weil der Zwilling ein veränderliches Zeichen ist? Nicht unbedingt. Für den Zwilling gilt das Zitat aus »Hamlet«: »Ist dies schon Tollheit, hat es doch Methode.« Wenn man im vordersten Rampenlicht steht, ist man den neugierigen Zuschauern wesentlich schutzloser ausgeliefert. Viele Zwillinge in der Unterhaltungsbranche fühlen sich in ihrer Haut nicht wohl, wenn sie sich nicht den farbenprächtigen Mantel einer vielfältigen Identität umhängen können, der so praktisch ist, weil er die doppelte – oder sogar dreifache – Persönlichkeit, die vorgibt, eine Einheit zu sein, verhüllt.

Die Merkur-Gaben wie Charme und Redegewandtheit machen aus dem Zwilling einen ausgezeichneten Löwenbändiger, der den Löwen mit Schmeicheleien geschickt dazu bringt, fügsam durch seine Doppelreifen zu springen.

Der Löwe ist ein ausgezeichneter Organisator. Er verkörpert Autorität und ist beharrlich genug, die Früchte seiner grandiosen Pläne und Vorschläge zu ernten. Jedoch zeigt er mit der Unbeständigkeit der Zwillinge wenig Geduld. Er ist entrüstet über die Neigung der Zwillinge, durch das Leben zu jagen, früher für richtig gehaltene Überzeugungen wie die Zeitung von gestern wegzuwerfen, dem Zuhause und Freunden wegen winziger Fehler den Rücken zu kehren, ohne sich auch nur einen Augenblick an sie zu erinnern, und dann munter und fröhlich zu neuen faszinierenden Taten aufzubrechen. Für den loyalen, etwas trägeren Löwen bedeutet Schnelligkeit nicht unbedingt das Beste oder Richtige.

Löwen, die ewigen großen Brüder und Schwestern, können der Voraussage nicht widerstehen, daß Menschen, die sie wohlwollend geführt und geleitet haben, eines Tages zu ihnen zurückkommen werden, um für die unaufgefordert erhaltenen Perlen der Weisheit zu danken. Als ob der Zwilling Zeit hätte, eine Liste von Verpflichtungen anzulegen.

Löwe-Frau – Zwillinge-Mann

Jede Löwin hat den ganz natürlichen instinktiven Wunsch, den Mann, den sie liebt, zu zähmen, und betrachtet ihn als ihr ausschließliches Eigentum. Sie braucht einen Partner, zu dem sie absolutes Vertrauen haben kann, der eindeutig stärker ist als sie selbst und der sie doch ohne Vorbehalte umsorgt.

Im Spiel der Liebe wie im Leben stellt der Zwillinge-Mann das dar, was Kartenspieler einen Kiebitz nennen. Er kennt genau die Karten der anderen und ist überzeugt, daß er jedes Spiel voll ausreizen und auch gewinnen würde. Er glaubt, sich in allem gut auszukennen, weiß aber doch nicht alles, um große Erfolge einzuheimsen. Der Zwilling hält es für besser, ein Hans-Dampf-in-allen-Gassen zu sein, als ein Metier vollkommen zu beherrschen, weil die Leute die lästige Angewohnheit haben, dann immer und ewig das gleiche von ihm zu erwarten.

Der Zwilling ist ein Luftzeichen und hat daher immer das Verlangen nach Veränderung, jeder Art von Veränderung, wie groß oder gering auch immer, und dies treibt ihn immer wieder zu anderen Spielen mit noch interessanteren Einsätzen. Für ihn kommen Investitionen auf lange Sicht in eine Karriere, Familie, Freundschaft oder Liebschaft nicht in Frage, wenigstens nicht, solange er jung ist (das kann natürlich sehr lange dauern, weil ein Zwilling eigentlich nie richtig erwachsen wird).

Beim Zwilling und Löwen handelt es sich um eine dieser schicksalhaften 3:11-Sonnenzeichen-Verbindungen. Ob sie nun in Freundschaft oder Liebe endet, in jedem Fall ist sie angefüllt mit karmischen Verpflichtungen, oft für ein besonderes Schicksal bestimmt, und drängt beide Partner entweder zu außergewöhnlichen Opfern oder zu ungewöhnlicher Verehrung – oder beides.

Sucht die Löwin Beständigkeit, so wird sie ihren Zwilling wohl zuerst zähmen müssen. Das geht jedoch nicht so einfach wie bei den anderen Zeichen im astrologischen Tiergarten. Es ist wesentlich heikler. Der Zwillinge-Mann ist aalglatt und schwer zu halten. Außerdem gibt es ja in Wirklichkeit zwei von ihnen. Die Fluchtlöcher der Zwillinge sind hinter charmanter Redegewandtheit und Gestik versteckt, so daß er vielleicht schon ausgeflogen ist, während sie immer noch ohnmächtig vor der Schönheit des feinen Spinnengewebes steht, mit dem er sie zugedeckt hat, um seinen Abschied zu verschleiern und es ihr leichter zu machen. (Er hat ein weiches Herz).

Ein schwierigeres Hindernis als dieses Netz aus Charme, das es bei seiner Zähmung zu überwinden gilt, ist der Umstand, daß für den Zwilling alle Frauen gleich sind. Sie bedeuten eine Bedrohung seiner Freiheit, sie sind argwöhnisch seinem unvorhersehbaren Verhalten gegenüber und verlangen immer, daß sie heute genauso wie gestern geliebt werden. Wie kann er dies tun, wenn seine Gefühlswelt so viele Tiefen und Höhen kennt? Früher oder später wird sie zu nörgeln anfangen, daß er kein konkretes Ziel vor Augen habe, und wer hört das schon gern? Da die meisten Frauen den Zwillinge-Mann nur langweilen, weil sie sich alle gleichen, muß eine Löwe-Frau ihn davon zu überzeugen versuchen, daß sie eben nicht wie die anderen ist.

Hat er sich in sie verliebt, so liebt er nicht nur ihr Lächeln und ihren Geist, sondern alles an ihr. So etwa ihren klaren Verstand, die Art, wie sie mit ihm in den Bergen wandert, mit dem anmutigen, unermüdlichen Schritt der Löwin, wie sie beim Reiten im Sattel sitzt, mit kühnem Sprung ins Wasser hechtet, wie sie skifährt, den Tennisschläger schwingt und den Golfball schlägt. Gewöhnlich betreiben Löwe-Frauen zwei oder drei Sportarten im Freien und beschäftigen sich auch gern mit Schauspielerei, Tanzen, Romanschreiben und ähnlichem – und viele von ihnen sind begeisterte Amateur- oder Berufsfotografen.

Die Löwe-Frau muß all diese Erinnerungen fest in seinen Geist einpflanzen und ihn davon überzeugen, daß sie einzigartig ist. Das gehört zum Zähmungsspiel der Zwillinge. Eine Frau, die diesen Mann liebt, muß mit seinem Geist und Körper und dazu noch mit seinen beiden verschiedenen Persönlichkeiten und seinen vielfältigen Launen Schritt halten. Schließlich hält er sie für die einzigartigste Frau, der er jemals begegnet ist. Er ist aber nicht vollkommen gezähmt, bevor er nicht glaubt, sie sei die einzigartigste Frau, der er jemals begegnen *wird*.

Diese Frau ist tatsächlich einmalig. Sie ist die geborene Dame, und Damen sind in dieser Welt selten geworden. Sollte jemand lachen, sie verspotten oder den Fehler begehen, zu familiär mit ihr zu werden, wenn sie ihn nicht dazu aufgefordert hat, so verwandelt sie sich in einen Eisberg der Erhabenheit, daß dem Missetäter das Herz in die Hosentasche rutscht – und er sich wünscht, er könnte in den Boden versinken.

Die einzige schwache Stelle im Löwen-Panzer der majestätischen Würde ist die Neigung der Löwin, sehr empfänglich für Schmeicheleien zu sein. Bei allen anderen Gelegenheiten verhält sie sich wie eine Königin, stolz und erhaben. Der Zwillinge-Mann, der von ihr als »Baby« oder »Biene« spricht, wird bald merken, was das Wort »Dame« bedeutet.

Im sexuellen Bereich wird von beiden Kompromißbereitschaft und Anpassungsfähigkeit gefordert. Nichts kann die Herzenswärme einer Löwin mehr gefrieren lassen als Betrug und Untreue, und das schließt einen harmlosen Flirt ebenso wie einen wirklichen Seitensprung ein. Der Zwillinge-Mann wird ihre Eifersucht und ihren feurigen Besitzerstolz leichter verstehen, wenn sie den Spieß umdreht, weil er dann am eigenen Leibe fühlt, wie es ist, ignoriert und abgelehnt zu werden. Es gefällt ihm ganz bestimmt nicht, doch wird er nicht so impulsiv wie sie in der gleichen Situation reagieren. Zwillinge neigen mehr als andere dazu, alles auf die leichte Schulter zu nehmen – ganz bestimmt aber mehr als ein intensives Feuerzeichen wie der Löwe.

Wenn sie ihn jedoch wirklich gezähmt hat, spielt Eifersucht keine Rolle mehr in ihrem Leben. Eine heißgeliebte Löwin ist eine außergewöhnlich liebevolle und zärtliche Frau. Sie ist zu heißer Leidenschaft ebenso fähig wie zu ruhiger Sinnlichkeit. Aber eine vernachlässigte Löwin reagiert oft mit Gefühlskälte. Sie ist weder die Frau, der es gefällt, von einem allzu stürmischen Mann überfallen zu werden, noch ist sie die Frau, die nachgiebig über die Unbeholfenheit eines schüchternen Schuljungen lächelt, der sie mit treuem Hundeblick verehrt. Sie erwartet von jedem Mann ein gewisses Maß an Raffinesse. Ein Zwillinge-Mann ist reichlich mit Feingefühl, Charme und Zärtlichkeit ausgestattet. Doch seine Berührungen können oft so leicht und sein verführerisches Vorspiel so luftig sein, daß sie fühlt, er könnte sich vor ihren Augen in Nichts auflösen, noch bevor sie den Höhepunkt ihrer sexuellen Liebe erreicht haben. Um ihr tieferes Verlangen zu befriedigen, das sicher feuriger als das seine ist, muß er sie in einen dramatischen Akt wilder und ekstatischer Hingabe mitreißen.

Diese beiden sind extravagant mit Worten – und mit Geld. Sie haben beide einen exquisiten Geschmack, lieben teure Kleidung, reisen gern und sind an Literatur und Kunst interessiert. Auch haben sie beide das gleiche Geschick, sich durchsetzen zu können, sie durch die liebenswerte Eigenschaft, es als ihr Recht zu betrachten, er durch seine unwiderstehliche Flunkerei. Es wird einer Löwe-Frau leichter fallen, ihn zu zähmen, wenn sie weiß, wie man einen neugierigen Vogel zähmt. Man braucht viel Geduld, zuerst ein Lächeln aus der Distanz – keine hastigen Bewegungen, sonst fliegt er davon. Am Anfang ist Schweigen wohl das Beste, da Worte, besonders zwischen diesen beiden Sonnenzeichen, sehr leicht mißverstanden werden. Wenn sie dann jeden Tag etwas näher zu ihm rückt und in ihm nie das Gefühl entstehen läßt, seine Freiheit sei in Gefahr, dann . . .

Ein Zwillinge-Mann muß stets daran erinnert werden, daß es in seiner wechselhaften Merkur-Existenz einige Dinge gibt, die außergewöhnlich – und einmalig – sind. Deshalb wird er glücklicher sein, wenn er erst einmal von seiner stolzen Löwin gezähmt worden ist.

Löwe-Mann – Zwillinge-Frau

Ein Löwe-Mann verleugnet oft sein Überlegenheitsgefühl und versucht sein ausgeprägtes, übertriebenes Verlangen nach Respekt zu verbergen, kann aber die kluge, von Merkur beherrschte Frau nicht täuschen.

Was, glauben Sie, tut dieser scheue Löwe, wenn er sich nicht gerade träge zu Hause ausstreckt und die Komplimente seiner Partnerin mit wohlwollender Miene annimmt? Er ist in einer besonders heiklen Branche – im Ölgeschäft. Er gibt ein *sehr* hohes Einkommen aus. Dieses verdient er, indem er seine *sehr* wertvolle Zeit damit verbringt, *sehr* großen Industrieunternehmen zu sagen, was sie tun und lassen sollen. Wenn man Milliardären Ratschläge gibt und Gesellschaften wie Esso oder Texaco einen gelegentlichen Rüffel, braucht man sein Löwen-Ego nicht zu Hause abzureagieren.

Ein Löwe, der im Geschäftsleben die Hauptrolle spielt und dort seine Eitelkeit bestätigt findet, kann es sich leisten, gesellschaftlich bescheiden zu sein. Besonders, wenn er mit einer Zwillinge-Frau verheiratet ist, die genau weiß, wie sie ihm Lobeshymnen singen und charmant schmeicheln kann. So braucht er nicht selbst mit seinen Taten zu prahlen.

Zwillinge und Löwe, eine 3:11-Sonnenzeichen-Kombination, werden in ihrer Beziehung zueinander Opfer bringen müssen, aber dafür auch großen Gewinn aus ihr ziehen. Wie bei allen 3:11-Verbindungen ist diese Beziehung gewöhnlich vom Schicksal vorbestimmt, so daß man schwerlich widerstehen kann – in Familie oder Geschäft, Freundschaft oder Romanze. Der Löwe-Mann fühlt sich eher gezwungen, seiner Zwillinge-Freundin Lektionen zu erteilen, die ihr ganzes Leben verändern könnten, als andere zu belehren – und das heißt viel. Sie kann mehr erwarten als die gewöhnlichen Löwe-Moralpredigten, da dieser Mann ununterbrochen ihre schwachen Punkte aufdeckt und ihr sagt, was sie falsch macht, von ihrer Ernährung über ihre Kleider bis zu ihren politischen und religiösen Ansichten. Doch die gleiche Seelenerinnerung, die den Löwen zwingt, dem Zwilling Moralpredigten zu halten, gibt ihm auch einen unbewußten Sinn der Dankbarkeit für früher erhaltene Gefälligkeiten und bringt ihn dazu, das Zwillinge-Mädchen beschützen zu wollen. Instinktiv steht er ihren Unzulänglichkeiten wohlwollend gegenüber, obwohl er versucht, sie aus der Welt zu schaffen.

Die Zwillinge-Frau verteidigt ihren Löwen auf ähnliche Weise. Sie möchte ihn vor Kränkungen schützen, die andere ungewollt seiner Eitelkeit antun. Irgend etwas in ihrem wahrnehmungsfähigen Herzen sagt ihr zur rechten Zeit, was sie tun und sagen muß, um seine warme Zärtlichkeit und Großzügigkeit wachzurufen. Dies kann allmählich zu einer »Gesellschaft gegenseitiger Bewunderung« führen.

Die grundsätzliche Verträglichkeit kann jedoch Momente der Auflehnung auf beiden Seiten nicht verhindern. Ihre luftige

Nonchalance kann Öl in das Feuer des Löwe-Temperaments gießen, das nicht leicht zu entzünden, doch sehr schwierig zu löschen ist, wenn es einmal angefacht ist und lodernd brennt. Sie könnte einen Streit dazu nützen, ihren Sarkasmus auszuspielen, der sein Löwe-Selbstbewußtsein tief verletzen kann.

Da der Löwe ein festes Zeichen und daher praktischer eingestellt ist als der veränderliche Zwilling, kann das sprunghafte Verhalten seiner Zwillinge-Frau bei ihm ein furchterregendes Knurren auslösen. Sie könnte von einem Buch so gefesselt sein, daß sie darüber sein Abendessen vergißt; stundenlang am Telefon quasseln, wenn *er* einen Zuhörer braucht; den Theaterabend vergessen, zu dem er schon so lange die Karten besorgt hat; sich nicht mehr an den Parkplatz ihres Autos erinnern oder die Schlüssel verloren oder den Motor abgewürgt haben. *Ihm* könnte so etwas nie passieren. Niemals! Es ist vielleicht ein wenig übertrieben, aber der Löwe hat wirklich enorme Fähigkeiten. Er ist ein richtiger Mann, der unerwartete Ereignisse ohne große Anstrengungen mit königlicher Würde meistert und dabei die unausgesprochene Frage in den Raum stellt: »Tut's nicht jeder so?« Obwohl die Zwillinge-Frau von seiner Willensstärke, seiner Loyalität, Intelligenz und Integrität begeistert ist, könnte sie auch launisch und ruhelos werden und versuchen, ihn von seiner Arbeit oder einfach vom Ausruhen abzulenken.

Er wird wegen dieser Vorkommnisse brüllen, vergibt ihr aber wahrscheinlich in dem Augenblick, in dem sie ihm schmeichelt und einen raschen Schritt von der leichtsinnigen, ruhelosen und heftigen Zwillinge-Hälfte zur sensiblen, weiblichen und verehrenden Zwillinge-Hälfte tut. Was ihre sonstigen Interessen angeht, so hat er nichts dagegen, wenn sie eine Karriere ins Auge faßt oder Ballett-Unterricht nimmt, Waldläufe macht, Mumien sammelt, Schmetterlinge fängt – solange ihre Arbeit oder ihre Hobbies sie nicht derart in Anspruch nehmen, daß er vernachlässigt wird.

Ein Löwe ist lebensfroh, großzügig mit seiner Zeit und seinem Geld, stark und stolz, sogar zärtlich, wenn sein Selbstbewußtsein gestärkt wird. Und nicht zuletzt ist er ein wundervoller Liebhaber. Das Talent des Zwillings, seine Phantasie bildreich auszudrücken, bringt Aufregung in die sexuelle Beziehung der beiden, und wenn sie weiterhin in ihm den Glauben wecken kann, er sei ihr Eroberer, bleibt er sicher ein zufriedener und monogamer Monarch.

Für den warmherzigen Löwen ist Sex ein Synonym für Zuneigung und Leidenschaft. In der Zwillinge-Liebe gibt es jedoch etwas undeutlich Neutrales. Er kann seine Partnerin zwar gefühlsmäßig und körperlich verführen, ihr Geist sperrt sich jedoch vor einer vollkommenen sinnlichen Hingabe. Die Unfähigkeit, sie vollkommen zu erobern, vermag das für ihn notwendige Bild seiner Männlichkeit zu zerstören. Dann beschwert sie sich vielleicht, daß er das Interesse an der Liebe verloren hat. Aber in Wahrheit haben ihre kühle Distanz und ihr zwiespältiges Verhalten ihn dazu gebracht, Furcht vor einem Versagen im Sexualleben zu entwickeln, was er nur allzu widerstrebend enthüllt. Nichts schmerzt den Löwe-Mann so sehr wie der geringste Verdacht, er könnte vielleicht nicht der perfekte Liebhaber sein. Die Zwillinge-Frau sollte nicht vergessen, daß dieser Mann in Sachen Sex ein Idealist ist, und ihre Phantasie verwenden, um neue Wege zu finden, seinen Hunger nach Romantik für ihre intimen Momente zu stillen, anstatt allein über den Wolken zu schweben, wenn er sie am dringendsten nahe bei sich und seinem Herzen wissen muß.

Die Löwe-Krebs Beziehung

Wenn beide wollen, können sie viel Toleranz und Verständnis in ihre Verbindung einbringen, wie alle von der 2:12-Sonnenzeichen-Kombination Beeinflußten. Fehlt aber der Wille, liegt im Feuer des Löwen und im Wasser des Krebses so viel Kraft, daß der andere zerstört werden kann – und beide können diese Kraft anwenden, ohne daß sie es überhaupt merken, bis es zu spät und dem einen oder dem anderen (oder beiden) schon Schaden zugefügt worden ist.

Aus Gründen, die in den Sternen liegen, läßt die 2:12-Verbindung von Krebs und Löwe – anders als bei anderen Sonnenzeichen mit dieser Kombination – den Löwen, wenn es um die Persönlichkeit des Krebses geht, nicht ganz so tolerant erscheinen, wie man annehmen könnte. Auch ist der Krebs nicht bereit, die Lektionen, die ihm vom nachfolgenden Sonnenzeichen Löwe erteilt werden, zu lernen. Trotzdem, ob er sie lernen will oder nicht, der Krebs weiß in seinem Innersten, daß es von der Sonnenweisheit des Löwen einiges zu lernen gibt, und je länger der Krebs das Unausbleibliche hinausschiebt, um so schmerzhafter wird der Lernprozeß meist sein.

Ich kann mir lebhaft vorstellen, wie alle Löwen und Löwinnen nun vor sich hinlachen und mit dem Kopf nicken, und wie alle Krebse mürrisch die Stirn runzeln oder anfangen zu schniefen. Es stimmt, lieber Krebs, Sie können vom Löwen viel lernen, und wenn Sie versucht haben sollten, selbst belehren und dominieren zu wollen, anstatt sich beherrschen zu lassen, dann mischen Sie sich unbefugt in Ihr Schicksalsrad ein und auch in das des Löwen, und das ist weder klug noch ungefährlich, Sie wissen ja selbst am besten, wie stolz Sie darauf sind, klug zu sein und immer auf der richtigen Seite zu stehen.

Aber nun können die Löwen aufhören, in sich hineinzulachen und ihrer Eitelkeit zu schmeicheln, denn die Astrologie hält auch für sie eine Warnung bereit. Sind Sie den mondbedingten Wesenszügen der unter dem Krebszeichen geborenen Freunde, Verwandten oder Lebensgefährten so tolerant und verständnisvoll gegenübergetreten, wie Sie es tun könnten? Haben Sie gegrollt, statt sich beschützend und verständnisvoll zu zeigen? Oder waren Sie so schüchtern und haben dem Krebs erlaubt, *Sie* zu belehren, wo es doch gerade umgekehrt sein sollte? Geben Sie sich einen Ruck, und benehmen Sie sich so, wie es Ihr von der Sonne bestimmtes Schicksal vorgesehen hat, als Sie Ihren ersten Atemzug auf dieser Erde taten. Sie brauchen ja nicht zu übertreiben und das Element des Wassers Ihrer Krebs-Freunde, -Verwandten und -Geliebten mit Ihren Flammen völlig auszutrocknen. Krebse sind angenehme Genossen, wenn sie in den Schlaf gesungen werden wollen – und kein anderer wird Ihnen jemals so faszinierende Träume erzählen oder solch lustige Geschichten –, aber lassen Sie diese Leute nie Ihre Begeisterung ertränken.

Leider gibt es einige Krebs-Löwe-Verbindungen, in denen die Krebse und die Löwen ihre Rollen vertauscht haben. Krebse sind liebenswürdige, sensible Seelen, aber manchmal geschieht es, daß der stete Tropfen des Elements Wasser im Lauf der Jahre im wahrsten Sinne des Wortes das Feuer des Löwen auslöscht – und auch sein Selbstbewußtsein. Das fängt vielleicht bei einem Löwen an, der schüchtern ist und dem eindeutig anderen Wesen und den Zielen des Krebses nicht tolerant genug gegenüberstand, der sich nicht genug respektiert und bewundert fühlte und deshalb in Lethargie versank, bis die Löwe-Persönlichkeit völlig unterdrückt ist.

Aber auch der Krebs könnte schuld sein. Man kann nicht oft genug darauf hinweisen, daß der Krebs ein *kardinales Zeichen mit Führungsanspruch* ist, trotz der durch den Mond bedingten sanften Oberfläche und der *scheinbaren* Zurückhaltung. Ein Krebs mit dominierender Sonne und Mars im Horoskop kann sich die ganze Geduld, Zähigkeit, Beständigkeit und Beharrlichkeit der Krebse zunutze machen und mit der Zeit selbst ein Feuerzeichen wie den Löwen in eine Art seelische Mattheit versetzen. Lange Belagerung mit Hilfe einer geschickten Strategie durch einen ungewöhnlich willensstarken Krebs kann selbst die stolze Natur des Löwen beträchtlich dämpfen. Selten ist mutwillige Bosheit von einer Seite die Ursache, sondern meist ein Mangel an steter Wachsamkeit, wie sie bei der Vermischung von Feuer und Wasser über längere Zeit hinweg angebracht ist.

Es kann aber auch andersherum gehen. Der Löwe kann die ganze Schönheit der tiefen und ruhigen Gefühle des Krebses ausbrennen. Ein Krebs, der den arroganten Forderungen eines dominierenden Löwen ausgesetzt ist, leidet an der Stille. Er zieht sich dann manchmal in seine Introvertiertheit zurück, wird häufig unausstehlich und reizbar, aber fast immer entwischt er schließlich.

Beide müssen sich immer wieder vergegenwärtigen, daß das Kardinalzeichen Krebs zum Führen geboren wurde, und der Löwe sollte das akzeptieren. Da der Löwe ein Organisator ist, sollte der Krebs ihn *organisieren* lassen – was der Löwe auf bewundernswerte Weise tun wird. Der Löwe kann so jene Persönlichkeit entfalten, zu der er vorbestimmt ist und mit ihr die wunderbare Zärtlichkeit des Mondes aus dem Krebs hervorlocken. Auch der köstliche, unübertroffene Humor des Krebses tritt dann zutage, und zählt man dies alles zusammen, ergibt sich ein behagliches Zusammenleben in Einigkeit und Glück.

Die beiden sind hin und wieder wegen des Geldes unterschiedlicher Meinung. Der Krebs wird im stillen finden, daß der Löwe ein bißchen leichtsinnig und verschwenderisch ist. Der Löwe dagegen wird in der Öffentlichkeit laut denken, daß der Krebs unnötig sparsam ist. Es gibt, auch das muß gesagt werden, ein paar Löwen (wirklich nur wenige), die sehr vorsichtig beim Geldausgeben sind, man könnte sie sogar knickerig nennen; diese seltenen Exemplare werden mit den Krebsen bestens auskommen. Aber die große Mehrzahl der Löwen, männlichen wie weiblichen Geschlechts, Kinder wie Erwachsene, können einfach nicht widerstehen, für sich (und für andere, denn der Löwe ist großzügig) alles zu kaufen, was man für Geld kaufen kann. Sie besitzen das Recht, alles auszugeben, was sie mit ihrem beeindruckenden Talent und ihren organisatorischen Fähigkeiten verdient haben.

Der typische Krebs hängt in der Regel sehr an allen Dingen – alten Fotos, alten Lieben, alten Tennisbällen, alten Erinnerungen, alten Streitigkeiten, alten Ängsten, alten Schlüsselringen, alten Rechnungen, quittiert und bezahlt. Aber bei Geld ist der Krebs nicht wählerisch. Es ist ihm völlig egal, ob es alt oder neu ist, er meint nur, daß man es behalten sollte. Solche Menschen können auf rührende Weise gegenüber ihren Kindern und ihrer Familie großzügig sein, und fast nie wird der Krebs einem bedürftigen Freund Hilfe verweigern. Aber es widerstrebt ihm, sein Erspartes auf leichtfertige Weise auszugeben oder zu verspielen. Seltsam genug ist der Krebs beim Essen keineswegs sparsam. Ein Krebs verwandelt sich im Restaurant bisweilen gar zum Prototyp des großen Verschwenders und erstaunt alle mit unerwarteter Großzügigkeit.

Sollte es zwischen diesen beiden Sonnenzeichen Reibungen geben, wird der Löwe zu immer größeren und bedeutenderen Taten angetrieben, um damit dem vorsichtigen Krebs Überlegenheit zu beweisen. Besteht aber eine schöpferische Übereinkunft zwischen den beiden, dann werden der untrügliche Instinkt und die Willensstärke des Krebses den Löwen dazu bringen, grandiose Pläne erfolgreich zu verwirklichen und großartige Träume endlich in die Realität umzusetzen.

Löwe-Frau – Krebs-Mann

Die Löwin grübelt nach. Dieser männliche Krebs ist . . . seltsam. Er ist ein sanfter, ein sensibler Mensch, der sie mehr als je ein Mann zuvor als Frau behandelt. Natürlich, da sind seine Launen, aber . . . er kümmert sich um sie, und er macht sich wirklich Gedanken um ihre Gefühle. Er beschützt sie liebevoll vor den gefühllosen, rohen, derben und gemeinen Menschen, die sie irritieren. Doch da ist etwas, das sie in dieser Beziehung gefühlsmäßig stört.

Was sie da fühlt, ist der Einfluß seines kardinalen Wesens.

Der Krebs ist ein Kardinalzeichen mit Führungsanspruch. Und das bedeutet, daß der Krebs es hinter dieser angenehmen Galanterie und dieser höflichen Art, hinter seinem fröhlichen Lachen und seinem köstlichen Humor auf geschickte Weise schafft . . . nun, die Dinge nach seinem Willen hinzukriegen, ihr Leben eingeschlossen. Nie schreit er sie wütend an oder stellt Ansprüche. Damit würde sie fertig werden. Eine Löwe-Frau läßt sich durch eine offene und direkte Kampfansage nicht einschüchtern oder erschüttern, sie regt sie vielmehr an. Aber sie hat ein unausgesprochenes, unterschwelliges Gefühl, daß von ihr erwartet wird, seiner sanften Führung zu folgen.

Da hatte sie nun bei diesem Mann Dinge erwartet, die, wie sie glaubte, typische Eigenschaften des Wasserelementes umfassen – Güte, Verständnis, Milde, Sensibilität und . . . warten Sie mal. Er besitzt diese Tugenden ja alle. Jede einzelne. Ja, aber diese Sache mit dem Führungswillen stört sie. Ihre Majestät, die Löwin – wenn Sie einen Mann mit allen Eigenschaften des Wasserelements besitzen wollen, der aber keinen Führungsanspruch anmeldet, dann müssen Sie sich einen Fische-Mann oder einen Skorpion-Mann suchen. Der sanfte Krebs schmollt vielleicht ein wenig und verkriecht sich für ein paar Stunden oder Tage in seinen Panzer, aber er wird nicht stechen.

Denken Sie darüber nach. Mit Ihrem Krebs-Mann besitzen Sie alle positiven und schönen Eigenschaften des Wasserelementes zusätzlich zur astrologisch gesicherten Gewißheit, daß er niemals stechen wird, um Ihnen eins auszuwischen, und daß er bedeutend verläßlicher ist als sein von Neptun beherrschter Fische-Bruder. Seine Taten und sein Benehmen werden vom Mond bestimmt, und folglich wird er Ihr Sonnenlicht sanft zurückstrahlen, und dies sollten Sie würdigen. Sie sind unter dem festen Zeichen des Organisierens geboren – warum also lassen Sie ihn nicht führen, wenn es für ihn so wichtig ist, und Sie *organisieren* seine Führung? Sie sind die Sonne. Er ist der Mond. Sie sind für den Tag verantwortlich, er für die Nacht.

Es ist interessant, daß die Sonne (Löwe) den Tag und der Mond (Krebs) die Nacht beherrscht. Das könnte heißen, daß die Löwe-Frau ihrem Krebs-Mann gern erlaubt, nachts in der Liebe die Initiative zu ergreifen. Und so ist es wohl auch. Aber es könnte auch heißen, daß ihre Sonnenherrschaft ihm die Erkenntnis abringt, wie schön intimes Zusammensein am Tag, im Sonnenlicht sein kann.

Die körperliche Vereinigung zwischen einem Krebs-Mann und seiner Löwin kann ein hinreißendes Erlebnis sein, denn seine sexuellen Gefühle sind poetisch und empfindsam, ruhig und tief – und die ihren sind feurig, heftig, begehrlich und doch manchmal so ruhig und heiter wie ein Tag im August. Seine Gefühlstiefe und ihre Gefühlswärme lassen ihre Vereinigung zu einem beglückenden, friedenbringenden Ereignis werden. Aber beide müssen sich vor den Gefahren des Feuers und des Wassers hüten. Die Löwin kann in Gefühlskälte erstarren, wenn ihr Stolz verletzt wurde, und er ist gekränkt oder weint – oder reagiert hart und gefühllos –, wenn er sich einbildet, aus irgendeinem Grund zurückgewiesen worden zu sein. Krebse können sich leicht absichtlich beigebrachte Verletzungen einbilden. Und die Löwin nährt gern ihren falschen Stolz. Beide sollten lieber ihre anderen Fähigkeiten fördern. Zärtlichkeit ist immer die Grundlage der Intimität zwischen Krebs und Löwe. Fehlt sie, dann fehlen auch der Frieden und die Erfüllung in der sexuellen Vereinigung.

Seine Launenhaftigkeit, wenn der Mond dort oben seine Phasen und zugleich die Skala der Gefühle des Krebses durchläuft, wird sie manchmal erschrecken oder sie stören und ärgern. Aber ihr Löwenherz ist groß und großzügig, es vergibt schnell, wenn sie verliebt ist, und sie ist keine Frau, die etwas nachträgt. Wenn nicht ihr Mond- oder Aszendentenzeichen Krebs ist. In diesem Fall passen beide als Liebende außerordentlich gut zusammen und sind *beide* nachtragend – doch meist nicht dem Partner, sondern Außenstehenden gegenüber. Während sich der Löwe fast nie an alte Verletzungen klammert, neigt der Krebs leider dazu, sehr stark an solchen Erinnerungen festzuhalten, sei ihm der Schmerz nun vor einigen Stunden oder vor Tagen zugefügt worden. Würde der Krebs die großzügige Art seiner Löwin nachahmen, wäre er ein glücklicher Mann; dies ist einer der Punkte, von denen die Astrologie meint, daß der Krebs vom Löwen etwas lernen kann.

Falls die beiden heiraten, dann sollte der Krebs folgendes

über seine sonnige und charmante Partnerin wissen: Sie muß etwas beherrschen können. Oder sie wird versuchen, jemanden zu beherrschen. Nämlich ihn. Der Krebs-Mann, der seine Löwin aufrichtig liebt, wird seine Löwin ermutigen, einem ihren Talenten angemessenen Beruf nachzugehen oder sie zur absoluten, wenn auch gütigen Monarchin ihres gemeinsamen Heims machen. Entweder das eine oder das andere. Andernfalls wird sie zutiefst unglücklich, und auch er wird ein ziemlich erbärmlicher Mann-im-Mond sein, der ständig von der dominierenden Sonne verbrannt wird.

Es wäre viel einfacher, wenn die Löwin ihren riesigen Berg aus falschem Stolz einfach abtragen und er aus seinem beschützenden Panzer herauskriechen würde. Der Krebs und die Löwin fühlen sich weder im Meer zu Hause, wo sie nicht hingehört – noch im Dschungel, wo er nicht hinpaßt. Sie besitzen zusammen nur eine Heimat im Himmel, bei den Sternen, wo ihr Geist sich vereinigen kann . . . oder in den Armen des anderen, wo Feuer und Wasser dem Gesetz der Elemente trotzen und sich vereinigen – in einer Vereinigung, für die noch nie ein anderes Gesetz als das eigene gegolten hat.

Löwe-Mann – Krebs-Frau

Einer Krebs-Frau und einem Löwen, die ineinander verliebt sind, stehen nur drei Möglichkeiten zur Wahl (unter der Voraussetzung natürlich, daß ihre Liebe in einer lebenslangen Verbindung enden soll). Erstens: Nach ein paar Jahren wird er sie durch seine arrogante Art zu zitternder, weinerlicher Unterwerfung unter seine königlichen Wünsche gezwungen haben, was sie noch launischer werden läßt als am Anfang ihrer Beziehung. Zweitens: Nach ein paar Jahren hat sie sein Selbstbewußtsein durch sanftes, aber ständiges Herumnörgeln vernichtet, worauf er sich in trauriges, dumpfes Schweigen hüllt. Drittens: Nach ein paar Jahren werden sie sich anpassen, ihre unterschiedlichen Veranlagungen angleichen und bis zum Lebensende glücklich zusammenleben.

Diese dritte Möglichkeit zu realisieren, ist bestimmt kein

Zuckerschlecken. Viel feinfühlige Vorsicht ist erforderlich, wenn sich Feuer und Wasser zusammenfinden wollen. *Er* wird sich durch ihre verwirrende Launenhaftigkeit hindurchleiden und den wahren Grund für ihr besitzergreifendes Verhalten verstehen lernen müssen. *Sie* wird über seine Selbstbezogenheit hinwegsehen müssen und darf angesichts seiner manchmal gedankenlosen Mißachtung ihrer Gefühle nicht in Selbstmitleid versinken. Er wird feststellen, daß die eine Hälfte ihrer besitzergreifenden Tendenzen verschwindet, sobald sie Babies in den Schlaf wiegen darf. Und die andere Hälfte wird verschwinden, sobald er sich die Zeit nimmt, ihre Ängste zu beruhigen. *Sie* wird lernen müssen, daß seine Arroganz von inneren Zweifeln an seinen Fähigkeiten herrührt, daß sie gar nichts erreicht, wenn sie seine Überheblichkeit zu dämpfen versucht; daß er sich aber fast überschlägt, wenn sie ihm sagt, wie sehr sie seine Tugenden schätzt, und ihm ansonsten die Initiative überläßt. Zugleich aber muß sie sorgfältig darauf achten, daß ihre eigene Würde und Eigenständigkeit unangetastet bleiben.

Viel Gelassenheit, Liebe und Geduld sind vonnöten, bis ein Krebs und ein Löwe allmählich bereit sind, sich gegenseitig ihr Herz anzuvertrauen, denn ihre Wunschträume sind grundverschieden. Doch soll sich darum niemand entmutigen lassen.

Die unter dem Zeichen des Krebses geborene Frau wird stark von ihrem weiblichen Sonnenzeichen und seinem ebenfalls weiblichen Beherrscher, dem launischen Mond, beeinflußt. Deshalb personifiziert sie das Geheimnis Frau, alle komplexen Sehnsüchte und unerklärlichen Verhaltensweisen der Eva. Der Löwe-Mann wird stark von seinem männlichen Sonnenzeichen und dessen männlichem Beherrscher, der Sonne, beeinflußt. Deshalb personifiziert er die überwältigenden Eigenschaften des Mannes, die ganze Weisheit und Stärke, die Gegensätzlichkeit und den stolzen Geist Adams. Bestimmt können Sie nun verstehen, warum die Krebs-Frau den Löwen am Anfang verlocken kann. Trotzdem, sie ist unter einem Kardinalzeichen geboren, und das macht sie zu einer ziemlich herrschsüchtigen Eva. Er dagegen ist unter einem festen Zeichen geboren, und das macht ihn zu einem ziemlich sturen Adam. Beide werden gefühlsmäßig weit besser miteinander auskommen, wenn die

Krebs-Frau nicht versucht, mit seiner stärkeren Persönlichkeit konkurrieren zu wollen, sondern statt dessen ihre sanften und ruhigen Eigenschaften zur Geltung bringt.

Mutter Natur nachzuahmen kann für *menschliche* Wesen nie falsch sein, solange die beiden ihre Mond-Sonnen-Rolle nicht übertreiben und sie überbewerten. Zu viele Krebs-Löwe-Paare geraten, ohne es zu merken, in diese Gefahr. Die Krebs-Frau und der Löwe-Mann sollten danach streben, ihre voneinander abweichenden Persönlichkeiten durch behutsamen, aber ständigen Austausch ihrer Eigenschaften anzugleichen und gleichermaßen die übermäßige Herrschsucht seinerseits wie die übermäßige Unterwürfigkeit ihrerseits zu vermeiden. Für diesen Balanceakt ist von großem Vorteil, wenn der Mond oder der Aszendent des einen oder beider Zwillings- oder Waage-Einfluß aufweist.

Der Reiz, den ein Krebs-Mädchen und ein Löwe spüren, wenn sie sich verlieben, kann später verebben oder aufwallen. Beide fühlen sich stark zueinander hingezogen, aber eine behutsame Vermischung der Charaktere ist wichtig. Ist körperliche Übereinstimmung gegeben, dann ist diese sogleich sehr groß, denn sie ist außergewöhnlich empfänglich und er besonders warmherzig und liebevoll. Da sie in ihrem sexuellen Verhalten sanft und einfühlend reagiert, was sich mit seiner Intensität gut ergänzt, kann tiefe Leidenschaftlichkeit die Folge sein. Andererseits neigt sie dazu, ihn durch ihre Launen zu verletzen, wenn sie Sorgen hat, denn er legt das leicht als fehlende Erwiderung seiner Gefühle aus. Auch er kann sie mit seiner durch Sorgen verursachten geistigen Abwesenheit verletzen, denn sie sieht darin Gleichgültigkeit.

Oft sind Tränen Bestandteil ihres Zusammenseins, aber Tränen können auch heilen. Bei Krebs und Löwe verwandeln sie sich bisweilen in Freudentränen, wenn er ihre Alpträume mit seiner vertrauten und tröstenden Nähe verscheucht. Schläft sie in seinen Armen ein, werden ihre Träume immer süßer, denn für sie bedeutet diese Art des Einschlafens, daß ihr Herz für eine kleine Weile von den im Unterbewußtsein stets vorhandenen kindlichen Ängsten vor dem Alleinsein verschont bleibt. Dies ist dann der Zeitpunkt, an dem er begreift, wie sehr er gebraucht wird – und dann weint *er* . . . aber sie schläft ja und merkt es nicht, und er wird es ihr nie erzählen. Sie hat viele Geheimnisse, aber er hat nur eines: seine eigene Empfindsamkeit.

Der Löwe, der von einer Krebs-Frau betört wird, ist immer überrascht, wenn er sie besser kennenlernt. Sie erschien ihm als eine solch hilflose Kreatur, die seine Stärke braucht . . . so schüchtern, mit großen Augen, hilfesuchend. Zärtliche Regungen wallten in ihm auf. Später merkt er dann, daß sie mehr als mädchenhaft ist – sie ist fraulich. Sie ist warm und mütterlich und hüllt ihn in Sicherheit ein . . . und sie errät aufmerksam seine Gedanken und Gefühle, ohne daß er ein Wort zu sagen braucht. Viel später wird er noch etwas entdecken – etwas Nebelhaftes, schwer zu Erfassendes. Es verwirrt ihn, denn jedesmal, wenn er sicher ist, die Beziehung im Griff zu haben, entwischt sie ihm und gibt ihm das Gefühl, daß er doch nicht der Herr seiner Angebeteten ist. Wenigstens nicht mehr so eindeutig, wie er es einmal geglaubt hat. Sie widersetzt sich ihm nie, aber er ahnt, daß es in ihrem Inneren einen versteckten Ort gibt, wohin sie sich zurückzieht, wenn er sie verletzt hat.

Gemeinsam ins Blaue zu verreisen wirkt für die Liebe der beiden wie ein frischer Sommerwind. Sie hat ihn dann ganz für sich allein, so wie sie es liebt – und er kann ihr auf allen möglichen Gebieten Unterricht erteilen. Und beim Zuhören fällt ihr wieder ein, warum sie sich damals in ihn verliebt hat. Sie erinnert sich, wie sie ihm, an ihn hingekuschelt, ewig hätte zuhören können. Er war voller Selbstbewußtsein, so selbstsicher, so wie sie es immer sein wollte und nicht schaffte. Aber . . . irgend etwas an dieser Sicherheit stimmte nicht, und lange Zeit wußte sie nicht, was es ist. Eines Tages dämmerte es ihr dann. »Wenn er so selbstbewußt ist«, überlegte sie, »und immer sicher ist, daß er recht hat . . . warum braucht er dann ständig meine Zustimmung?«

Plötzlich weiß sie es: »Er *tut* nur so, als sei er mutig, stark und klug. Außer wenn er meint, daß ich es glaube, denn dann glaubt er es auch.« Dies Wissen fügt ihr einen schneidenden Liebesschmerz zu. Und sie vergießt dieselben Tränen, die Eva damals weinte, als *sie* im Garten Eden vom Baum der Erkenntnis das tiefste Geheimnis der Frau erfuhr.

Die Persönlichkeits-Typen

Kardinalzeichen (Führer)	Feste Zeichen (Organisatoren)	Veränderliche Zeichen (Vermittler)
Widder	Stier	Zwillinge
Krebs	Löwe	Jungfrau
Waage	Skorpion	Schütze
Steinbock	Wassermann	Fische

Positive (männliche) Zeichen (aggressive, dynamische Idealisten)	Negative (weibliche) Zeichen (verschlossene, nachdenkliche Strategen)
Widder	Stier
Zwillinge	Krebs
Löwe	Jungfrau
Waage	Skorpion
Schütze	Steinbock
Wassermann	Fische

Feuerzeichen (inspiriert)		Luftzeichen (geistig)	
Widder –	Kardinal – Feuer	Waage –	Kardinal – Luft
Löwe –	Fest – Feuer	Wassermann –	Fest – Luft
Schütze –	Veränderlich – Feuer	Zwillinge –	Veränderlich – Luft

Erdzeichen (sachlich)		Wasserzeichen (empfindsam)	
Steinbock –	Kardinal – Erde	Krebs –	Kardinal – Wasser
Stier –	Fest – Erde	Skorpion –	Fest – Wasser
Jungfrau –	Veränderlich – Erde	Fische –	Veränderlich – Wasser

Widder:	Feuer-Positiv-Männlich-Kardinal inspirierter, aggressiver, dynamischer, idealistischer *Führer*
Löwe:	Feuer-Positiv-Männlich-Fest inspirierter, aggressiver, dynamischer, idealistischer *Organisator*
Schütze:	Feuer-Positiv-Männlich-Veränderlich inspirierter, aggressiver, dynamischer, idealistischer *Vermittler*
Steinbock:	Erde-Negativ-Weiblich-Kardinal verschlossener, nachdenklicher, strategischer *Führer*
Stier:	Erde-Negativ-Weiblich-Fest verschlossener, nachdenklicher, strategischer *Organisator*
Jungfrau:	Erde-Negativ-Weiblich-Veränderlich verschlossener, nachdenklicher, strategischer *Vermittler*
Waage:	Luft-Positiv-Männlich-Kardinal geistiger, aggressiver, dynamischer, idealistischer *Führer*
Wassermann:	Luft-Positiv-Männlich-Fest geistiger, aggressiver, dynamischer, idealistischer *Organisator*
Zwillinge:	Luft-Positiv-Männlich-Veränderlich geistiger, aggressiver, dynamischer, idealistischer *Vermittler*
Krebs:	Wasser-Negativ-Weiblich-Kardinal empfindsamer, verschlossener, nachdenklicher, strategischer *Führer*
Skorpion:	Wasser-Negativ-Weiblich-Fest empfindsamer, verschlossener, nachdenklicher, strategischer *Organisator*
Fische:	Wasser-Negativ-Weiblich-Veränderlich empfindsamer, verschlossener, nachdenklicher, strategischer *Vermittler*

Die Verbindung der Elemente

Feuerzeichen	
Widder Löwe Schütze	Feuer verbindet sich leicht mit Feuer und Luft, verlangt aber Toleranz in Verbindung mit Erde und Wasser.
Luftzeichen	
Waage Wassermann Zwillinge	Luft verbindet sich leicht mit Luft und Feuer, verlangt aber Toleranz in Verbindung mit Erde und Wasser.
Erdzeichen	
Steinbock Stier Jungfrau	Erde verbindet sich leicht mit Erde und Wasser, verlangt aber Toleranz in Verbindung mit Feuer und Luft.
Wasserzeichen	
Krebs Skorpion Fische	Wasser verbindet sich leicht mit Wasser und Erde, verlangt aber Toleranz in Verbindung mit Feuer und Luft.

Feuer und Feuer

Wenn Feuer auf Feuer trifft, können die daraus entstehenden größeren und heißeren Flammen entweder zu einer Feuersbrunst führen, die sich selbst verzehrt und ausbrennt – oder sie können die Dunkelheit erhellen und das Eis und die Furcht des negativen Denkens schwinden lassen. Die Wahl liegt zu gleichen Teilen bei beiden Individuen.

Luft und Luft

Wenn Luft auf Luft trifft, ist das Ergebnis vollkommene Bewegungsfreiheit mit wenig oder keiner Einschränkung. Diese Verbindung kann zu einem glorreichen geistigen, emotionalen und spirituellen Aufschwung führen. Doch ohne den Wind der Veränderung wird Luft muffig und verschmutzt; unter bestimmten Voraussetzungen kann Luft aber auch zur wütenden Raserei eines Tornados werden. Die Wahl liegt zu gleichen Teilen bei beiden Individuen.

Erde und Erde

Wenn Erde auf Erde trifft, kann diese Verbindung sich selbst einen mächtigen Berg von Glauben und Kraft bauen – oder statt dessen eine ausgedörrte Wüste werden, je nach der Richtung, die sie nimmt. Das Ergebnis kann auch ein Erdbeben mit vulkanischem Widerhall sein. Die Wahl liegt zu gleichen Teilen bei beiden Individuen.

Wasser und Wasser

Wenn Wasser auf Wasser trifft, gibt es keinen Widerstand und führt zu einem ständigen Strom an Inspiration, der schließlich in einen großen Ozean der Erleuchtung mündet – oder aber im negativen Sinn in eine kleine Bucht führt, aus der es kein Entrinnen gibt. Wasser löscht den Durst, doch ist es einmal außer Kontrolle, kann es verheerende Fluten erzeugen. Die Wahl liegt zu gleichen Teilen bei beiden Individuen.

Feuer und Luft

Luft schürt Feuer und läßt es heller brennen, stimuliert Enthusiasmus und Erregung – oder entzündet Leidenschaft und Zorn. Zuviel Feuer kann den Sauerstoff der Luft verbrennen und läßt somit das Atmen zum Problem werden – und zuviel Luft, etwa ein starker Wind, kann eine Flamme düsterer flakkern lassen. Die Wahl liegt zu gleichen Teilen bei beiden Individuen.

Feuer und Erde

Es ist offensichtlich, welches der beiden Elemente das stärkere und dauerhaftere ist. Erde bleibt, wo sie ist, wenn sie nicht durch eine innere Explosion oder durch äußere Kräfte bewegt wird. Feuer bahnt seinen eigenen Kurs und strebt immer zun Himmel. Feuer kann die Erde versengen, aber niemals ganz zerstören. Erde kann Feuer unterstützen, indem sie ein festes Fundament für seine Flammen baut; zuviel Erde jedoch kann auch das leuchtendste Feuer begraben. Die Wahl liegt zu gleichen Teilen bei beiden Individuen.

Feuer und Wasser

Ein großes Feuer kann durch seine übermäßige Hitze eine kleine Menge Wasser austrocknen. Andererseits können große Mengen Wasser Feuer löschen, die Flammen ersticken. Daher fürchtet oder respektiert Feuer instinktiv das Wasser und umgekehrt. Beide spüren im Unterbewußtsein die Gefahr – daß jeder fähig ist, den anderen vollkommen zu zerstören. Die Wahl liegt zu gleichen Teilen bei beiden Individuen.

Erde und Luft

Erde enthält Luft und braucht sie, aber Luft enthält weder Erde, noch braucht sie sie. Erde muß bleiben, wo sie ist, und kann nur durch Erdbeben, vulkanische oder äußere Kraft bewegt werden. Luft hat sich von solchen Einschränkungen freigemacht und bewegt sich je nach Laune über die Erde, verändert weder die Erde, noch verharrt sie dort lange Zeit. Die Erde ist unabhängig von der Luft, ist sich scheinbar deren Existenz nicht bewußt, so lange, bis starke Winde die Pflanzen und Blumen stören, die auf ihrer Oberfläche wachsen, in ihrem Schoß verwurzelt sind. Das Ergebnis wird von der Wahl bestimmt, die zu gleichen Teilen bei beiden Individuen liegt.

Erde und Wasser

Wasser sucht ein Heim, das es in der Erde findet, indem es sie durchdringt und befeuchtet, was einen Segen für die Erde darstellt. Denn es ist das Wasser allein, das der Erde erlaubt, allen Pflanzenformen, Bäume und Blumen, Leben zu schenken. Ohne die *Bereicherung* durch Wasser ist die Erde trocken und unbrauchbar. Diese beiden Elemente sind dazu bestimmt, voneinander abhängig zu sein. Doch zuviel Wasser kann die Erde in Schlamm und Schwimmsand verwandeln – und zuwenig Wasser kann in den Gebirgsmassen der Erde verschwinden und sich verlieren. Das Ergebnis wird von der Wahl bestimmt, die zu gleichen Teilen bei beiden Individuen liegt.

Luft und Wasser

Luft durchdringt Wasser . . . bewegt es, wühlt es zu peitschenden Wellen auf . . . und zieht weg . . . ein Eindringen oder ein Angriff, über den Wasser keine Kontrolle hat. Wenn Wasser Luft in Form von Feuchtigkeit durchdringt, so wird die Luft schwer. Doch bringt dies der ganzen Natur auch die Erleichterung des Regens, der wie durch Zauber Luft *in ihr eigenes Element* zurückverwandelt, eine Umwandlung, über die die Luft keine Kontrolle hat. In der endgültigen Analyse hat keines der beiden Individuen eine Wahl bezüglich des Ergebnisses – nur durch den höheren Willen des Schicksals.

Die Sonnenzeichen-Kombinationen

1:1-Sonnenzeichen-Kombinationen

Widder–Widder
Stier–Stier
Zwillinge–Zwillinge
Krebs–Krebs
Löwe–Löwe
Jungfrau–Jungfrau
Waage–Waage
Skorpion–Skorpion
Schütze–Schütze
Steinbock–Steinbock
Wassermann–Wassermann
Fische–Fische

2:12-Sonnenzeichen-Kombinationen

Widder–Fische
Stier–Widder
Zwillinge–Stier
Krebs–Zwillinge
Löwe–Krebs
Jungfrau–Löwe
Waage–Jungfrau
Skorpion–Waage
Schütze–Skorpion
Steinbock–Schütze
Wassermann–Steinbock
Fische–Wassermann

3:11-Sonnenzeichen-Kombinationen

Widder–Zwillinge
Widder–Wassermann
Stier–Krebs
Stier–Fische
Zwillinge–Löwe
Krebs–Jungfrau
Löwe–Waage
Jungfrau–Skorpion
Waage–Schütze
Skorpion–Steinbock
Schütze–Wassermann
Steinbock–Fische

4:10-Sonnenzeichen-Kombinationen

Widder–Krebs
Widder-Steinbock
Stier–Löwe
Stier–Wassermann
Zwillinge–Jungfrau
Zwillinge–Fische
Krebs–Waage
Löwe–Skorpion
Jungfrau–Schütze
Waage–Steinbock
Skorpion–Wassermann
Schütze–Fische

5:9-Sonnenzeichen-Kombinationen

Widder–Löwe
Widder–Schütze
Stier–Jungfrau
Stier–Steinbock
Zwillinge–Waage
Zwillinge–Wassermann
Krebs–Skorpion
Krebs–Fische
Löwe–Schütze
Jungfrau–Steinbock
Waage–Wassermann
Skorpion–Fische

6:8-Sonnenzeichen-Kombinationen

Widder–Jungfrau
Widder–Skorpion
Stier–Waage
Stier–Schütze
Zwillinge–Skorpion
Zwillinge–Steinbock
Krebs–Schütze
Krebs–Wassermann
Löwe–Steinbock
Löwe–Fische
Jungfrau–Wassermann
Waage–Fische

7:7-Sonnenzeichen-Kombinationen

Widder–Waage
Stier–Skorpion
Zwillinge–Schütze
Krebs–Steinbock
Löwe–Wassermann
Jungfrau–Fische

Wie Sie aus der Darstellung des Schicksalsrades (S. 162) entnehmen werden, leiten sich die Sonnenzeichen-Kombinationen folgendermaßen ab: Indem man jedes Sonnenzeichen als Nummer 1 bezeichnet, ist Widder das 9. Zeichen von Löwe und Löwe das fünfte Zeichen von Widder (immer entgegen dem Uhrzeigersinn). Daher ist Widder-Löwe eine 5:9-Sonnenzeichen-Kombination.

Stier ist 9 Häuser (oder Zeichen) von Jungfrau – und Jungfrau 5 Häuser vom Stier entfernt. Daher ist Stier–Jungfrau auch eine 5:9-Kombination. Ebenso Stier–Steinbock und Jungfrau–Steinbock. Die gleiche Methode wird angewandt, um alle anderen Sonnenzeichen-Kombinationen zu bestimmen.

Das Schicksalsrad

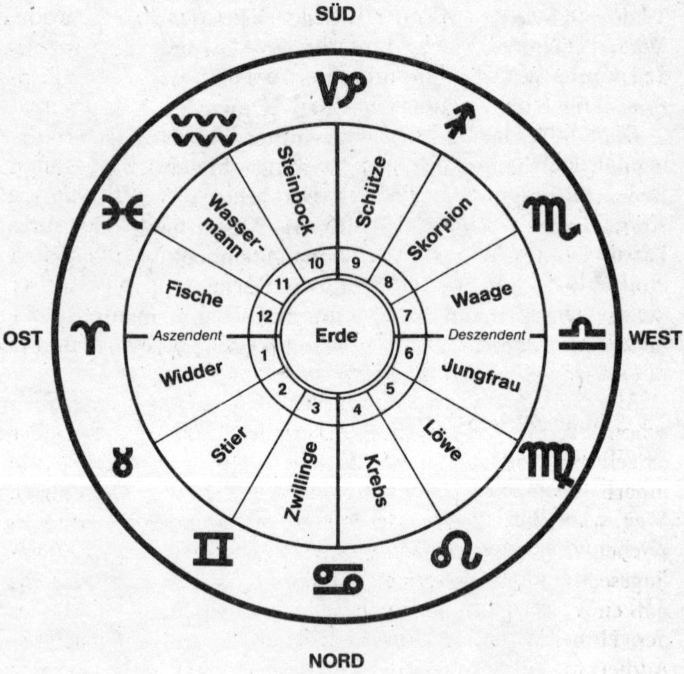

Die Symbole

Widder	♈	Waage	♎	Mars	♂	Pluto	♇
Stier	♉	Skorpion	♏	Venus	♀	Jupiter	♃
Zwillinge	♊	Schütze	♐	Merkur	☿	Saturn	♄
Krebs	♋	Steinbock	♑	Mond	☽	Uranus	♅
Löwe	♌	Wassermann	♒	Sonne	☉	Neptun	♆
Jungfrau	♍	Fische	♓				

Sie werden bemerkt haben, daß die beiden Zahlen aller Sonnenzeichen-Kombinationen zusammengerechnet immer die Zahl 14 ergeben. Alle – außer der 1:1-Sonnenzeichen-Kombination. Dem liegt ein tiefes Geheimnis zugrunde, es stellt einen wichtigen mystischen Symbolismus des männlich-weiblichen Prinzips, ähnlich der Zwillingsseele dar.

Die Zahl 14 symbolisiert die 14 Teile des Osiris, der von seinem Bruder Seth erschlagen wurde, und dessen Körper und Seele gleichermaßen in 14 Teile zertrennt wurden. Es war die Aufgabe der Zwillingsseele von Osiris – Isis –, die 14 Teile ihres Partners zu suchen, durch viele, ermüdende, ewig lange Zeiten hindurch. Die Legende erzählt, daß im Wassermann-Zeitalter die vierzehn Teile des Osiris sich wieder zu *einem* Mann zusammenfügen (»mit allen zerstreuten Teilen, ganz und gar«), und er mit seiner Zwillingsseele – Isis – wiedervereinigt wird.

Alle Sonnenzeichen-Kombinationen ergeben – wie oben schon erwähnt – die mystische Osiris-Isis-Zahl 14, die es jeder einzelnen Kombination erlaubt, nach Einheit zu suchen, jede innerhalb der eigenen Schwingungs-Kombination. Der einzige Weg, wie sich Liebende oder Partner, die von der 1:1-Sonnenzeichen-Kombinations-Schwingung beeinflußt sind, als Zwillingsseelen erkennen können – und ihr Karma befriedigen – ist, daß einer von ihnen spirituell genügend entwickelt ist, um zu der »Höheren Oktave-Zahl« der Eins zu »schwingen« – der 13. Addiert man diese nun zu der Eins der anderen Person, so ergibt diese Kombination die mystische Isis-Osiris-Zahl 14, und dann stehen beide unter dem Schwingungs-Einfluß der Zahl 8. Denn: zweimal 13 ist gleich 26, und diese beiden Ziffern addiert ergeben die Zahl 8. (Die Zahl 8 stellt den doppelten Schlangenkreis des Liebesgeheimnisses dar – zwei Kreise oder zwei Nullen aufeinandergestellt.)

Wenn zwei Personen, die in einer 1:1-Sonnenzeichen-Kombination stehen, spirituell im gleichen Maß entwickelt sind, können sie den »Blitz-Pfad« des Karma erfahren – in Verbindung mit verschiedenen anderen bzw. unter gewissen Umständen – und so gemeinsam schnell die Erleuchtung erlangen, wenngleich dies auch eine seltene mystische Vollendung ist.

Aspekte

Sonnenzeichen, *Mondzeichen* und *Aszendenten* stehen im Trigon (positiv oder harmonisch) zueinander

Widder–Löwe	Zwillinge–Waage	Löwe–Schütze
Widder–Schütze	Zwillinge–Wassermann	Jungfrau–Steinbock
Stier–Jungfrau	Krebs–Skorpion	Waage–Wassermann
Stier–Steinbock	Krebs–Fische	Skorpion–Fische

Sonnenzeichen, *Mondzeichen* und *Aszendenten* stehen im Sextil (positiv oder harmonisch) zueinander

Widder–Zwillinge	Zwillinge–Löwe	Waage–Schütze
Widder–Wassermann	Krebs–Jungfrau	Skorpion–Steinbock
Stier–Krebs	Löwe–Waage	Schütze–Wassermann
Stier–Fische	Jungfrau–Skorpion	Steinbock–Fische

Sonnenzeichen, *Mondzeichen* und *Aszendenten* stehen in Konjunktion (positiv oder harmonisch) zueinander

Widder–Widder	Löwe–Löwe	Schütze–Schütze
Stier–Stier	Jungfrau–Jungfrau	Steinbock–Steinbock
Zwillinge–Zwillinge	Waage–Waage	Wassermann–Wassermann
Krebs–Krebs	Skorpion–Skorpion	Fische–Fische

Sonnenzeichen, *Mondzeichen* und *Aszendenten* stehen im Quadrat (negativ oder unharmonisch) zueinander

Widder–Krebs	Zwillinge–Jungfrau	Jungfrau–Schütze
Widder–Steinbock	Zwillinge–Fische	Waage–Steinbock
Stier–Löwe	Krebs–Waage	Skorpion–Wassermann
Stier–Wassermann	Löwe–Skorpion	Schütze–Fische

Sonnenzeichen, *Mondzeichen* und *Aszendenten* stehen in Opposition (negativ oder unharmonisch) zueinander

Widder–Waage	Krebs–Steinbock
Stier–Skorpion	Löwe–Wassermann
Zwillinge–Schütze	Jungfrau–Fische

Wenn sich Sonne, Mond oder der Aszendent in einem der folgenden Zeichen befinden, so stehen sie im positiven (oder harmonischen) Trigon-Aspekt zueinander. – Hierzu muß aber beachtet werden, daß sich die Genauigkeit der genannten Aspekte nur aus dem individuell errechneten Horoskop ersehen läßt (gemäß der Geburtsstunde).

Sonnenzeichen-Verträglichkeiten

1:1-Sonnenzeichen-Kombination

Ihr Sonnenzeichen (links) bildet mit dem ihm gegenübergestellten Sonnenzeichen (rechts) eine 1:1-Sonnenzeichen-Kombination.

Widder	....	Widder
Stier	....	Stier
Zwillinge	....	Zwillinge
Krebs	....	Krebs
Löwe	....	Löwe
Jungfrau	....	Jungfrau
Waage	....	Waage
Skorpion	....	Skorpion
Schütze	....	Schütze
Steinbock	....	Steinbock
Wassermann	....	Wassermann
Fische	....	Fische

In Freundschafts-, Geschäfts-, Familien- oder Liebesbeziehungen mit Menschen, die unter dem gleichen Sonnenzeichen geboren sind, wird jeder von Ihnen versucht sein, seine Tugenden oder Laster zu übertreiben. Alle positiven Persönlichkeits- und Charakterzüge werden sich in ihrer Intensität verstärken – aber auch die negativen Züge. Sie sollten sich beide bemühen, die »guten« Eigenschaften des Sonnenzeichens, das Sie gemeinsam haben, zu fördern – und die »schlechten« Eigenschaften des Sonnenzeichens abzulegen oder zu tolerieren.

Die Aspekte zwischen den anderen Planeten, den Monden oder Aszendenten beider Horoskope werden die oben gegebene Beschreibung der Beziehung etwas verändern (im negativen wie auch im positiven Sinn), doch werden sie die der 1:1-Sonnenzeichen-Kombination zugrunde liegende Wechselwirkung nicht entscheidend ändern.

2:12-Sonnenzeichen-Kombination

Ihr Sonnenzeichen (links) bildet mit dem ihm gegenübergestellten Sonnenzeichen (rechts) eine 2:12-Sonnenzeichen-Kombination.

Widder	Der Widder muß vom Stier lernen – der Stier toleriert die Unzulänglichkeiten und die unterschiedlichen Auffassungen des Widders	Stier
Stier	Der Stier lernt Lektionen von den Zwillingen – die Zwillinge tolerieren die Unzulänglichkeiten und die unterschiedlichen Auffassungen des Stiers.	Zwillinge
Zwillinge	Die Zwillinge lernen Lektionen vom Krebs – der Krebs toleriert die Unzulänglichkeiten und die unterschiedlichen Auffassungen der Zwillinge.	Krebs
Krebs	Der Krebs lernt Lektionen vom Löwen – der Löwe toleriert die Unzulänglichkeiten und die unterschiedlichen Auffassungen des Krebses.	Löwe
Löwe	Der Löwe lernt Lektionen von der Jungfrau – die Jungfrau toleriert die Unzulänglichkeiten und die unterschiedlichen Auffassungen des Löwen.	Jungfrau
Jungfrau	Die Jungfrau lernt Lektionen von der Waage – die Waage toleriert die Unzulänglichkeiten und die unterschiedlichen Auffassungen der Jungfrau.	Waage
Waage	Die Waage lernt Lektionen vom Skorpion – der Skorpion toleriert die Unzulänglichkeiten und die unterschiedlichen Auffassungen der Waage.	Skorpion
Skorpion	Der Skorpion lernt Lektionen vom Schützen – der Schütze toleriert die Unzulänglichkeiten und die unterschiedlichen Auffassungen des Skorpions.	Schütze
Schütze	Der Schütze lernt Lektionen vom Steinbock – der Steinbock toleriert die Unzulänglichkeiten und die unterschiedlichen Auffassungen des Schützen.	Steinbock

Steinbock	Der Steinbock lernt Lektionen vom Wassermann – der Wassermann toleriert die Unzulänglichkeiten und die unterschiedlichen Auffassungen des Steinbocks.	Wassermann
Wassermann	Der Wassermann lernt Lektionen von den Fischen – die Fische tolerieren die Unzulänglichkeiten und die unterschiedlichen Auffassungen des Wassermanns.	Fische
Fische	Die Fische lernen Lektionen vom Widder – der Widder toleriert die Unzulänglichkeiten und die unterschiedlichen Auffassungen der Fische.	Widder

In Freundschafts-, Geschäfts-, Familien- oder Liebesbeziehungen mit diesen Menschen wird einer von Ihnen fühlen, daß er viel vom anderen lernen muß. Derjenige, der den anderen lehrt, entwickelt ein unerklärliches Mitgefühl für die Schwächen und Fehler des anderen und versteht auf seltsame Weise dessen deutlich unterschiedliche Motive und Verhaltensweisen.

Die Aspekte zwischen den anderen Planeten, den Monden oder Aszendenten beider Horoskope werden die oben gegebene Beschreibung der Beziehung etwas verändern (im negativen wie auch im positiven Sinn), doch werden sie die der 2:12-Sonnenzeichen-Kombination zugrunde liegende Wechselwirkung nicht entscheidend ändern.

3:11-Sonnenzeichen-Kombination

Ihr Sonnenzeichen (links) bildet mit den ihm gegenübergestellten Sonnenzeichen (rechts) eine 3:11-Sonnenzeichen-Kombination.

Widder	....	Zwillinge und Wassermann
Stier	....	Krebs und Fische
Zwillinge	....	Widder und Löwe
Krebs	....	Stier und Jungfrau
Löwe	....	Zwillinge und Waage
Jungfrau	....	Krebs und Skorpion
Waage	....	Löwe und Schütze
Skorpion	....	Jungfrau und Steinbock
Schütze	....	Waage und Wassermann
Steinbock	....	Skorpion und Fische
Wassermann	....	Widder und Schütze
Fische	....	Stier und Steinbock

Sie spüren ein starkes Band der Freundschaft, gleichgültig, ob Sie Freundschafts-, Geschäfts-, Familien- oder Liebesbeziehungen zu diesen Menschen unterhalten. Gegenseitiges Vertrauen und leichte Verständigung herrschen in dieser Beziehung. Sie sind sehr unterschiedliche Charaktere; doch diese Unterschiede haben wenig oder keine Auswirkungen auf Ihre gegenseitige Hochachtung. Es könnte ein Sinn für Verantwortung, vielleicht ein unausweichliches Pflichtgefühl sein, das Sie zusammenführt und das Band zwischen Ihnen stärkt. Mit diesen Personen können Sie sich leicht unterhalten, und Sie werden einander ständig dazu anregen, Gewohnheiten und gegebene Situationen zu ändern.

Sie werden wahrscheinlich eine sehr enge Freundschaft mit diesen Menschen entwickeln und immer freundlich zueinander sein. Streitigkeiten werden schnell aus der Welt geschafft, vergeben und vergessen. Sie werden oft zanken oder sich uneinig sein, vielleicht verärgert über einige gemeinsame Verpflichtungen, die Sie verbinden, doch werden Sie sie nicht vermeiden können. Ja sogar dann, wenn Sie Ihre Verbindung zueinander als abgeschlossenes Kapitel betrachten sollten, wird sie Monate oder Jahre später wieder zum Durchbruch kommen und noch einmal aufgenommen werden.

Die Aspekte zwischen den anderen Planeten, den Monden oder Aszendeten beider Horoskope werden die oben gegebene Beschreibung der Beziehung etwas verändern (im negativen wie auch im positiven Sinn), doch werden sie die der 3:11-Sonnenzeichen-Kombination zugrunde liegende Wechselwirkung nicht entscheidend ändern.

4:10-Sonnenzeichen-Kombinationen

Ihr Sonnenzeichen (links) bildet mit den ihm gegenübergestellten Sonnenzeichen (rechts) eine 4:10-Sonnenzeichen-Kombination.

Widder	....	Krebs und Steinbock
Stier	....	Löwe und Wassermann
Zwillinge	....	Jungfrau und Fische
Krebs	....	Waage und Widder
Löwe	....	Stier und Skorpion
Jungfrau	....	Zwillinge und Schütze
Waage	....	Krebs und Steinbock
Skorpion	....	Löwe und Wassermann
Schütze	....	Jungfrau und Fische
Steinbock	....	Widder und Waage
Wassermann	....	Stier und Skorpion
Fische	....	Zwillinge und Schütze

Nicht immer, aber überraschend oft entladen sich Spannungen und Persönlichkeitskonflikte in Anwesenheit der Menschen, mit denen Sie – in Freundschafts-, Geschäfts-, Familien- oder Liebesbeziehungen – mit dieser Sonnenzeichen-Kombination verbunden sind – entweder mißbilligen Sie diese, oder Sie spüren, daß Sie selbst von ihnen mißbilligt werden. Einer von Ihnen wird möglicherweise wegen der strengen, erzieherischen Versuche des anderen nervös. Aus verschiedenen Gründen wird es bis zu einem gewissen Grad immer geistige und emotionelle Vorbehalte geben.

Stehen andere Planeten zwischen den beiden Horoskopen (besonders die Monde und Aszendenten) unter einem harmonischen (Konjunktion, Sextil oder Trigon) Aspekt, so wird es zwischen Ihnen und diesen Menschen zu tiefer Verehrung, Treue und Respekt kommen. Das wird dann die Ursache dafür sein, daß die unleugbaren ursprünglichen Unterschiede der Motivation und Persönlichkeit weniger frustrierend, weniger verwirrend werden – obwohl diese großen Auffassungsunterschiede und Ziele immer bestehen bleiben.

Stehen die anderen Planeten zwischen den beiden Horoskopen (besonders die Monde und Aszendenten) in Quadratur oder in Opposition (negativ), so ist Ihre Beziehung mit diesen Menschen tatsächlich spannungsgeladen und schwierig. Sie müssen eine Engelsgeduld aufbringen, um diese Beziehung zu meistern – doch der Lohn dafür wird groß sein.

5:9-Sonnenzeichen-Kombination

Ihr Sonnenzeichen (links) bildet mit den ihm gegenübergestellten Sonnenzeichen (rechts) eine 5:9-Sonnenzeichen-Kombination.

Widder	....	Löwe und Schütze
Stier	....	Jungfrau und Steinbock
Zwillinge	....	Waage und Wassermann
Krebs	....	Skorpion und Fische
Löwe	....	Widder und Schütze
Jungfrau	....	Stier und Steinbock
Waage	....	Zwillinge und Wassermann
Skorpion	....	Krebs und Fische
Schütze	....	Widder und Löwe
Steinbock	....	Stier und Jungfrau
Wassermann	....	Zwillinge und Waage
Fische	....	Krebs und Skorpion

Nicht immer, doch überraschend oft, finden Sie in Freundschafts-, Geschäfts-, Familien- oder Liebesbeziehungen Einfühlungsvermögen, geistige Anregung, emotionale Übereinstimmung (oder romantische Erfüllung) bei diesen Menschen.

Es besteht eine starke Sympathie zwischen Ihnen, Mißverständnisse sind gewöhnlich nicht schwerwiegend und werden schnell aus der Welt geschafft. Die Chancen für Harmonie sind ausgezeichnet; eine dauerhafte, glückliche Beziehung wird müheloser als mit jedem anderen Sonnenzeichen erreicht.

Stehen andere Planeten (besonders die Monde und Aszendenten) zwischen diesen Horoskopen in Quadratur oder Opposition (negativ), so kann es zu Zusammenstößen und Spannungen zwischen Ihnen und diesen Menschen kommen – die gemeinsame Basis kann zeitweilig ins Wanken geraten –, die grundsätzliche Übereinstimmung und das gegenseitige Verständnis werden jedoch immer bestehenbleiben.

Stehen andere Planeten zwischen diesen beiden Horoskopen (besonders die Monde und Aszendenten unter einem harmonischen Aspekt (Konjunktion, Sextil oder Trigon), so wird Ihre Beziehung mit diesen Menschen außergewöhnlich glücklich, reibungslos und voller Harmonie sein.

6:8-Sonnenzeichen-Kombination

Ihr Sonnenzeichen (links) bildet mit den ihm gegenübergestellten Sonnenzeichen (rechts) eine 6:8-Sonnenzeichen-Kombination.

Widder	....	Jungfrau und Skorpion
Stier	....	Waage und Schütze
Zwillinge	....	Skorpion und Steinbock
Krebs	....	Schütze und Wassermann
Löwe	....	Steinbock und Fische
Jungfrau	....	Widder und Wassermann
Waage	....	Stier und Fische
Skorpion	....	Widder und Zwillinge
Schütze	....	Stier und Krebs
Steinbock	....	Zwillinge und Löwe
Wassermann	....	Krebs und Jungfrau
Fische	....	Löwe und Waage

Sie werden in Freundschafts-, Geschäfts-, Familien- oder Liebesbeziehungen Kommunikationsschwierigkeiten mit diesen Menschen haben. Doch fühlen Sie sich seltsam gefesselt und mächtig in ihren Bann gezogen. Ist die Verbindung zwischen Ihnen eine Liebesbeziehung, so fühlen Sie eine unwiderstehliche sexuelle Anziehung.

Ist Ihre Beziehung keine Liebes-, sondern eine Freundschafts-, Geschäfts- oder Familienverbindung, so werden Sie sich dieser Person nicht sexuell verbunden fühlen, sondern durch gemeinsame Interessen am Übernatürlichen – Tod, Geburt, Reinkarnation und alle geistigen Angelegenheiten – oder durch Situationen im Zusammenhang mit Geld, das keinem von Ihnen gehört, d. h. dem Geld anderer. Es könnte Zeiten geben, wo diese Person in ihrer Beziehung zu Ihnen ohne Grund verschlossen zu sein scheint.

Irgendwie haben diese Menschen den Wunsch, Ihnen zu helfen; und auch Sie haben das Verlangen, dem anderen zu helfen. Einer von Ihnen oder beide werden dem anderen gern nützlich sein, ohne etwas übelzunehmen, und einer wird den anderen oft vor denen beschützen, die ihm – oder ihr – Schmerzen zufügen wollen. Es kann Zeiten geben, in denen die fortgesetzten Gefälligkeitsbezeugungen auf Ablehnung stoßen, doch gibt es diesbezüglich keine Wahl. In dieser Beziehung findet geleistete Hilfe ihren Lohn immer in der Faszination der Gemeinschaft selbst. Irgendwie wird jede der beiden aus dieser Verbindung großen Nutzen ziehen, und derjenige, der dient, bleibt gewöhnlich treu.

Die Aspekte zwischen den anderen Planeten, den Monden und den Aszendeten beider Horoskope werden die oben gegebene Beschreibung der Beziehung etwas verändern (im negativen wie auch im positiven Sinn), doch werden sie die der 6:8-Sonnenzeichen-Kombination zugrunde liegende Wechselwirkung nicht entscheidend ändern.

7:7-Sonnenzeichen-Kombination

Ihr Sonnenzeichen (links) bildet mit dem ihm gegenübergestellten Sonnenzeichen (rechts) eine 7:7-Sonnenzeichen-Kombination.

Widder	....	Waage
Stier	....	Skorpion
Zwillinge	....	Schütze
Krebs	....	Steinbock
Löwe	....	Wassermann
Jungfrau	....	Fische
Waage	....	Widder
Skorpion	....	Stier
Schütze	....	Zwillinge
Steinbock	....	Krebs
Wassermann	....	Löwe
Fische	....	Jungfrau

In Freundschafts-, Geschäfts-, Familien- oder Liebesbeziehungen zeigt sich der Einfluß dieser Kombination.

Nicht immer, aber oft, fühlen Sie sich körperlich angezogen von den Angehörigen des *anderen Geschlechts*, die unter dem Sonnenzeichen geboren sind, das dem Ihren hier gegenüber aufgeführt ist (und das dem Ihren auch im Schicksalsrad gegenübersteht) – oder Sie bewundern und respektieren sie insgeheim. Diese Menschen besitzen Charakter- und Persönlichkeitszüge, die Ihnen selbst fehlen. Die Anziehung und der Drang zur Nachahmung sind stark.

Möglicherweise fühlen Sie sich unbehaglich gegenüber den Angehörigen des *eigenen Geschlechts*, die unter diesem Sonnenzeichen geboren sind, beneiden sie oder betrachten sie als Konkurrenten.

Die Aspekte zwischen den anderen Planeten, den Monden und den Aszendenten beider Horoskope werden die oben gegebene Beschreibung der Beziehung etwas verändern (im negativen wie auch im positiven Sinn), doch werden sie die der 7:7-Sonnenzeichen-Kombination zugrunde liegende Wechselwirkung nicht entscheidend ändern.

Astrologische Fachausdrücke

Aspekte:	Entfernung zwischen zwei Gestirnen. *Konjunktion*: Zusammenkunft zweier Gestirne. Entfernung 0 Grad. *Sextil-Aspekt*: Abstand von 60 Grad (zweier Gestirne). *Trigonal-Aspekt*: Abstand von 120 Grad. *Quadrataspekt*: Abstand von 90 Grad. *Oppositionsaspekt*: Abstand von 180 Grad.
Aszendent:	Der aufsteigende Grad eines Zeichens am Ostpunkt des Horoskops zur Stunde der Geburt. *Deszendent*: Absteigender Grad.
Aura, Auren:	Ausstrahlung einer Persönlichkeit.
Charisma:	Wunderwirkung.
Dekanat:	Je zehn Grad eines Tierkreiszeichens.
Elementare Einteilung:	Der elementaren Einteilung des Tierkreises liegen die vier Elemente Feuer, Erde, Luft und Wasser zugrunde. Zu jedem Element gehören 3 Tierkreiszeichen, die im Abstand von 120 Grad (→ Aspekte, Trigonal-Aspekt) in Verbindung stehen. *Feuer-Element*: Widder, Löwe, Schütze *Erd-Element*: Stier, Jungfrau Steinbock *Luft-Element*: Zwillinge, Waage, Wassermann *Wasser-Element*: Krebs, Skorpion, Fische.
Esoterisch:	Mystisch,
Häuser:	die zwölf Einfluß-Sphären im Horoskop (auch Felder genannt).
Introversion:	Wirkung ins Seelische, Weg nach innen.
Karma:	Selbstgeschaffenes Schicksal.
Karmische Mission:	Die in diesem Leben gestellte Schicksalsaufgabe
Karmisches Rad:	→»Schicksalsrad«
Konjunktion:	→ Aspekte.
Mond-Zeichen:	Jenes Zeichen, in dem der Mond herrscht: Krebs.
Neptun-Aspekte:	Die Aspekte des Neptun zu anderen Gestirnen. Im negativen Aspekt Enttäuschungen / Täuschung.
Opposition:	→ Aspekte.
Planeteneinflüsse:	*Sonne*: Symbol für Geist, Individualität, Lebenskraft, Mann *Mond*: Symbol für Frau (auch Gattin/Mutter), ferner für Psyche, Unterbewußtsein.

Planeteneinflüsse: *(Fortsetzung)*	*Merkur*:	Verstand, Intellekt, Nervensystem, Vermittlung.
	Mars:	Wille, Energie, Aktivität, Kampf.
	Venus:	Liebe, Kunst, Ästhetik.
	Jupiter:	Harmonie, Gesetz, Religion, Expansion.
	Saturn:	Konzentration, Hemmung, Lebensernst, Arbeit.
	Uranus:	Wandlung, Umwälzung, Veränderung, Intuition.
	Neptun:	Beeinflußbarkeit, Empfänglichkeit, Künste, Täuschung, Illusion.
	Pluto:	Höhere Gewalt, Kollektiv, Zwang.
	Aszendent:	eigene Persönlichkeit, engere Umwelt, Körper
Polarität:	Gegensätzliche Eigenschaften innerhalb eines Zeichens.	
Promiskuität:	Beziehungen mit verschiedenen, häufig wechselnden Partnern (im Sex).	
Schicksalsrad:	Horoskop mit den 12 Feldern; (auch: »Karmisches Rad«).	
Sextil:	→ Aspekte.	
Sonnenzeichen:	Jenes Zeichen, in dem die Sonne herrscht: Löwe.	
Sternzeichen:	die zwölf Zeichen des Zodiaks von Widder bis Fische.	
Tierkreis:	je zwölf Abschnitte zu 30 Bogengraden, beginnend mit Widder bis Fische.	
Trigon:	→ Aspekte.	
Zodiak:	Tierkreis (oder Zodiakus) Gürtel von zwölf Sternbildern, durch welche die scheinbare Jahresbahn der Sonne (oder Ekliptik) verläuft.	